# 紅杜鵑

曹冠龍

# 目次

紅杜鵑

# 夜訪

中南海。

一九五六年十一月二十五日，傍晚。

剛下過一場小雪，湖面上吹過來的寒風，迂迴穿梭，氣流紛亂，路面上的雪粉，北極光似的搖曳飄忽。

脫盡了樹葉的枝椏，暮色中失去了深度，失去了細節，蒼勁地在銀灰的天幕上曲折交錯，展現出一幅董其昌的乾筆皴擦長卷。

路燈亮了，柔和的燈光在稀疏的雪粉上灑下綽約的樹影，彷彿用過期的相紙印出的照片，灰灰的，濛濛的，反差很低，但自有一抹典雅的恬靜。

透過新華門的飛簷向南望去，天幕下閃閃爍爍，接著傳來一陣劈劈啪啪，聽得出那是燃放炮竹，但距離濾去了熱烈和興奮——琉璃廠最後一批古玩字畫店完成了公私合營。

一輛黑色的東風牌轎車，由西花廳往豐澤園緩緩駛去。

周恩來總理獨自坐在後座，身邊放著一束白紙包著的花。首長們在中南海內來往，坐車都不帶警衛員。

五六年已近尾聲，這是一個輝煌樂章式的尾聲。第一個五年計畫開展得蓬蓬勃勃，工農業各項指標勝利完成；文化藝術百花齊放，百家爭鳴；解放軍海陸空積極防禦體系初具規模。更重要的是，新中國僅僅用了四年時間，就完成了對農業、手工業和資本主義工商業的社會主義改造，中國從新民主主義社會跨入了社會主義社會，即共產主義社會的初級階段。

周總理雙眉濃黑，下巴鐵青，峻峭的臉神略顯日理萬機的疲憊。

一隻小松鼠，被車燈照愣了，提著尖尖的前爪，呆呆地立在路心，幾乎要被壓著了才一溜煙竄了過去。

「小李啊，中南海內松鼠多，我們又沒為牠們刷斑馬線。以後看見牠們在路當中，停一下，」總理對司機說，「行人優先嘛！」

「是！」

中海和南海的湖水，被沿岸的樹叢分割，時隱時現，辨不清顏色，只有明暗交替，在車窗外一晃一晃的，像黑白電影的片頭，隨便配點兒什麼周而復始的洗手間音樂，mushic，緩緩地進入劇情。

豐澤園門口的一對石獅，三朝元老，膘肥毛厚，睡意朦朧，周恩來又不是生人，自然就夾著尾巴，懶得動彈。

「主席，晚上好！」周恩來走進毛主席的書房。

毛主席穿著寬大的睡衣，坐在一盞銅柱落地燈邊，翻看著一疊文件。那巨大的絹絲燈罩上，靠沙發的一面，黏了張牛皮紙袋，擋住晃眼的光。上了年齡，對光過敏。

「哎呀呀，盡是些官樣文章，黨八股，讀一行就想打瞌睡，讀兩行就要吃安眠藥！」主席將文件一扔，抬頭招呼客人，「恩來啊，今天怎麼有空過來啊？」

「不能總是『無事不登三寶殿』吧。都住在中南海，左鄰右舍，串個門也是應該的吧。」

「應該，應該！住在這個鳥地方，陰氣森森，一年四季，總是像年三十夜的王府井，不見一個人影。總有一天，會鬧鬼！」

「冒出一個珍妃來——」

「哈，我沒問題，但江青可要鬧翻天囉！」

「那就換一個，慈禧太后如何？」

「哦喲，饒了我吧！」

「主席不怕！連國母宋慶齡也對你崇拜得五體投地。最近她一連寫了三份申請書，要求加入中國共產黨！」周恩來望了一眼窗外暮色蒼茫中的孤島瀛台，不勝感慨，「那個光緒皇帝啊，要是有你百分之一的功夫就好了！」

「不要亂說！」

兩人暢懷大笑！

# 托體同山阿

周恩來將花打開，插進窗檯上的一個景泰藍大花瓶。那花瓶細頸，翻口，圓肚，一條金龍盤繞騰飛，通體晶瑩閃爍，雍容華貴。花束插入瓶口後，總理後退一步，覺得花束短了點，也瘦了點，軟塌塌的，很有點相形見絀的感覺。沒辦法，祕書說，到處找也找不到，最後還是在小湯山苗圃的溫室裡找到了這麼一束。

總理搖搖頭，說：「不太精神，將就點，一會兒讓服務員加點水。」

「啊，紅杜鵑！」

「主席知道這種花？」

「知道，知道！不要太挑剔，季節不對啊，杜鵑是早春的花，現在都小寒囉！」

「小寒了，樹木凋零，到處是灰灰的，很壓抑，穎超說，給你房間裡添點春意，添點亮色。」

「花了不少錢吧？」

「放心，不是公款。自己的錢，想怎麼花就怎麼花。」

毛主席背靠沙發，伸了個懶腰，款款地談起杜鵑花來：「井岡山這種花多。杜鵑花耐寒，但好肥。我記得，三一年的秋天，紅軍和何應欽的圍剿部隊在黃坡打了一仗，那真是屍橫遍野，血肉模糊啊！我軍戰士衣衫襤褸，倒斃在泥石間，渾然一體。敵方軍裝整齊，橫臥沙場，相當顯眼。一眼望去，顯得我方打了個大勝仗似的。其實，彼此彼此，半斤八兩。雙方都倉皇撤退，聽由那些屍體在荒野裡腐爛。幾場風風雨雨，就不分敵我了。第二年初春，我軍返回黃坡，路過昔日戰場，啊，漫山遍野的紅杜鵑哪，一人來高，鱗次櫛比，穿插交接，如火如荼，如癲如狂！」

「可惜我那時還在上海，被那個叛徒顧順章攪得七竅生煙，沒機會參加那場激烈的戰鬥，更無權欣賞那番壯麗的景色。」

「恩來啊，如果你走近花叢，低頭細看，卻又是另一番景象：落葉和殘花星星點點，散散懶懶，但那密密的根鬚纏繞著狼藉的白骨，全然是一群蛇，那樣的急迫，那樣的緊張，輾轉反側，無孔不入！幾個戰士想鑽進花叢，去收撿戰友的屍骨。我說，不必了吧，死去何所道，托體同山阿！」

周恩來聽得出神。沒說的，這是一個詩人，他的感覺超凡脫俗。

毛主席站起身來，走到那束杜鵑花前，凝視著一朵血紅的花。

像一架老式留聲機，挑著一彎圓溜的喇叭筒，在舊貨商場的一個角落裡，不知被擱置了多少年，忽然來了一個識貨的，上緊了發條，咿咿呀呀地轉了起來！於是那朵花伸長了脖子，探出瓶口，衝向主席努力招展，盡情開放。修長的花心，黏著金黃的花粉，微微搖擺，不知在播放什麼纏綿悱惻的音樂。

毛主席沉默良久，喃喃自語：「春天一來，淅淅瀝瀝，下幾場雨，岸英的墳頭，又會是一片紅紅火火的杜鵑花囉。」

周恩來的眼眶濕潤了。

毛主席轉過身來：「謝謝你倆的好意。」

周恩來說：「主席啊，每逢這個日子，我和穎超都會感到一種說不出的，說不出的，哦，不是悲痛，悲痛已經過去，只是——」

「只是有點，有點那個，是不是？」

「就是，就是！所以穎超讓我過來，陪你聊聊。」

「好，聊聊，聊聊。恩來啊，我們一年到頭，忙這忙那，難得有個機會聊聊兒女情長。哦，岸英死了多少年啦？」

「整整六年了。」

六年前，一九五〇年十一月二十五日早上，四架 P-51 型野馬戰鬥轟炸機，往志願軍第十三兵團的指揮所投下了一批 M-69 型凝固汽油彈，其中一顆正中指揮所側面的一個掩體。空襲後從掩體內挖掘出來兩具屍體，都已燒得面目全非。陣亡者之一，戴著一枚「基洛夫」牌手錶，明確地標明死者是毛澤東的長子，俄文翻譯毛岸英。

秒針已經熔化，陣亡的時刻只能精確到：09：31。

毛岸英享年二十八歲，遺孀是十八歲的劉思齊，他倆新婚一年還差二十七天。

停戰後，北朝鮮政府將毛岸英的遺體從平安北道東昌郡大榆洞挖起，移葬到平安南道檜倉郡的「中國人民志願軍烈士陵園」，順便也作了一次屍體檢驗，發現死者穿的是棉襖。志願軍沒有軍銜，沿用毛岸英在蘇軍坦克兵團裡所授予的中尉軍銜，級別顯然不夠穿尼制軍裝。腋下的碳纖維內還發現成團烤焦的蝨子。

毛岸英墳墓的四周種滿了紅杜鵑。

志願軍總司令彭德懷，也許是出於內疚，建議魂兮歸來，將毛岸英的遺體遷移國內。毛主席說：「不必了吧，死去何所道，托體同山阿！」

# 涅槃

「六年了嗎？日子過得好快！」毛主席說，「我跟思齊這丫頭提過好幾回，她年紀還輕，人又聰明，我勸她早點改嫁，過日子。」

「我讓穎超也跟她說說。」

「如有合適的，給她介紹介紹。做公公的，把她往外推，太使勁了，怕她難過。」

「一定留神。」

「好，那就拜託了。唉，岸英是個苦命的娃啊，沒有過上幾天好日子。老天不公平啊，我把國民黨攪得昏天黑地，但一天牢也沒坐過，他卻六歲時就和娘一起坐了監獄！到現在我還有個習慣，看見一個差不多大小的娃娃，總是要彎下身子，問：『六歲了吧？』以此想像當年岸英帶著弟弟流浪街頭的模樣。我問過岸英，『那時你們餓不餓，冷不冷，怕不怕？』他說不記得了。」

「孩子懂事，怕說出來你心裡難受。」

「我知道他裝糊塗，其實他記得那些事。他說他記得有一個烤燒餅的老頭，給過他和岸青一人一個燒餅，這麼大，這麼大！我大笑，說：『兒呀，你這就是班門弄斧囉，長沙的「兩面焦」我還不清楚？哪有這麼大的！』他問我什麼叫『班門弄斧』？我給他解釋了半天，他覺得很有意思，讓我把它寫下來。他接過我寫的紙條，在上面加了許多注解，俄文的。他又說：『我還記得那燒餅老頭的模樣，是個裂嘴，不知他還在不在？』我又大笑，說：『兒啊，都二十多年了，你這真是刻舟求劍！』你信不信，他又沒聽懂這個成語！」

「難怪，在蘇聯長大的孩子嘛。他要是對你說：『爹，我可是那條金魚，得斯巴斯巴那個漁夫。』可能你也會莫測高深！」

「『斯巴斯巴』？等會，等會，啊，謝謝！」

「估計是岸英教你的，對不對？」

「是啊，他教了我不少俄語句子，現在都忘光囉！哦，他還說，他和弟弟時常在江邊的泥灘上捉小螃蟹吃，剝掉蓋子就往嘴裡塞。他記得時常有拉縴的，一個個光著屁股，腳印深，積水，小螃蟹多。他說他望見江心有一個島，好多樹，心想那個地方一定很好玩。我說，兒啊，你看到的那個島就是橘子洲啊！」

「獨立寒秋，湘江北去，橘子洲頭，」周恩來輕聲吟誦，「看萬山紅遍，層林盡染，漫江碧透，百舸爭流！」

「那番景色一定也融入了他的心頭，永誌不忘。」

「多好的一個孩子！毛岸英同志為朝鮮人民的解放事業貢獻了一切！」

「豈止是朝鮮人民的解放事業！恩來啊，那天，你將彭德懷的電報交給我，那可是一個歷史性的時刻呀。」

「你握著電報紙，臉唰的一下黃了，好怕人。」

「怕人？嗯，估計是有點怕人，因為從那一剎那起，我毛澤東變了，發生了質變！」

「質變？」

「我把生死置之度外了。」

「主席，你早就把生死置之度外了。」

「但規模變了。以前只是把個人的生死置之度外，必要時甚至可以把一個團、一個師、一個軍的將士的生死置之度外。但自那一刻起，為了實現共產主義，實現世界大同，我可以毫不猶豫，將全中國人的生死、全世界人的生死置之度外！」

周恩來毛骨悚然。

「岸英牽著我的手，將我領入了一個全新的境界！人生自古誰無死，留取丹心照汗青，以前讀這兩句詩，覺得崇高無比，但現在感到還不夠超脫。丹心何必留取，禮花般的迸裂豈不更加徹底？青竹何止流汗，燒成灰燼豈不更為瀟灑？恩來啊，不瞞你說，我現在，白天，黑夜，醒著，睡著，每時每刻都被死亡的預感、死亡的渴望籠罩著。九點三十一分，輾轉反側，銷魂蕩魄！九點三十一分，鳳凰涅槃，燦爛輝煌！恩來啊，我似乎覺得我已經進入了釋迦牟尼的境界，那種無邊無際，清澈透明的境界。我也似乎理解了《聖經》所說的『末日洪水』的意義，其實那並非世界的末日，而是人類的新生啊！」

「不是末日，而是新生。好！這是對基督教教義的一個很積極的解釋。」

「你剛才不是說，那時我的臉一下子黃了嗎？恩來啊，你目睹了一個昇華，你目睹了一個涅槃！我那是脫胎換骨了啊，我那是頓悟騰飛了啊，我那是立地成佛了啊！」

「主席的思想一向是超凡脫俗，我等望其項背，望洋興嘆。」

「望其項背不行啊，我要你們和我並肩作戰！望洋興嘆不行啊，我要你們和我同舟共濟！」

「主席，還是老規矩，你發號施令，我們搖旗吶喊，衝鋒陷陣就是了。」

「好，客氣不如入席，那我就發號施令了。」

「整裝待命。」

# 德勒斯登

「恩來啊，我想打一場大仗。」

「解放台灣？」

「解放全世界！」

「解放全世界，環球同此涼熱！我這一句跟得不錯吧，用湖南音念還是押韻的！」周恩來笑瞇瞇地問，「你這是沁園春，菩薩蠻，還是減字木蘭花？」

「要說是賦詞的話，那詞牌就必定是『滿江紅』了——屍橫遍野，血流成河。恩來啊，我想打一場核大戰。」

周恩來一個哆嗦，滿臉的幽默像荷葉下的魚苗，忽然一隻青蛙躍下。

「六年前，那個聯合國軍總司令麥克阿瑟將軍，威脅要往中國扔原子彈的時候，我暗暗興奮，我急令彭德懷，加強志願軍的冬季攻勢，機會來了！」

「什麼機會？」

「世界大同，共產主義的最終實現。」

「主席，我知道你不是在寫詩，但這跳躍性思維——」

「好，不跳，我一步一步地說。」

「洗耳恭聽。」

「當時，世界上只有兩個國家擁有核武器，美國和蘇聯。俗話說，打狗還得看主人。如果中國挨了美國的原子彈，我們當然會被燒得焦頭爛額，不成個樣子，大喊大叫，卻沒法還手。但我們和蘇聯簽訂了《中蘇友好同盟互助條約》，完全相當於美國和台灣的那個《共同防禦條約》。作為我們的盟友，作為我們的老大哥，莫斯科的面子往哪裡放？」

「嗯，蘇聯一定要報復。」

「對！蘇聯一定要報復。不是戰術上的需要，而是戰略上的需要。不是為我們這個小弟弟出氣，而是為他們自己爭氣，爭面子。」

「這個面子非爭不可！如果蘇聯忍氣吞聲的話，那就成了挨了原子彈的小日本。」

「這個比喻太對了！所以蘇聯一定要找個什麼目標也扔它一顆。美國本土太遠，蘇聯有遠程戰略轟炸機，雖然能飛過太平洋，但在十來個鐘頭的飛行中，遭到美國空軍攔擊的可能性極大。但美軍第十軍團的二十三萬士兵正在仁川登陸，看下去螞蟻搬家似的，於是一顆『薩哈羅夫』型氫彈在他們的頭頂上爆炸，一道白光，第三次世界大戰爆發。」

「這一步一步，清清楚楚，」周恩來心悅誠服。

「第一次世界大戰，打出了個蘇維埃社會主義共和國聯盟，第二次世界大戰，打出了個社會主義陣營，這第三次世界大戰就必將——」

「解放全世界！世界大同！共產主義最終實現！」周恩來歡呼。

「恩來啊，這就是為什麼杜魯門總統寧願失去一個戰功赫赫的五星上將，也不敢往鴨綠江對岸扔原子彈。」

「麥克阿瑟是一個軍人，杜魯門是一個政治家。」

「不錯，杜魯門是個典型的政治家，言行不一，吹得厲害，說什麼：『怕熱就別進廚房』，但我看他就最怕熱。熱核的熱！」

「他還有一句什麼『The buck stops here——我的問題由我來解決』，卻把台灣海峽的一筆爛帳一古腦兒卸給了艾森豪。」

「我喜歡這個艾森豪！摸爬滾打，一身的血汗，是個鷹派！」

「這個人，依然保持著第二次世界大戰的心態，殺氣騰騰！一上台就叫囂『大規模打擊報復』的軍事原則。他至今對德勒斯登大轟炸津津樂道，說，『如果當今世界上哪個敵人再來找美國的麻煩，我就會毫不猶豫，再賞他一個德勒斯登！』」

「恩來啊，不瞞你說，我是非常欣賞德勒斯登大轟炸的。過癮！」

「我最近讀了一份二戰統計資料，印象深刻：英國皇家空軍的九百九十六架『蘭開斯特』轟炸機和美國空軍的一千零八十架 B-17s 轟炸機，輪番轟炸了整整兩天，總共投下了三千七百四十九噸高爆炸彈和燃燒彈，將那座德國古城化為一片火海，近三十萬市民喪生。對那場大轟炸的必要性和正義性，至今仍有激烈的爭論。」

「爭論個啥子唷！打仗嘛，不擇手段，越狠越好！越毒越好！我的『山寨版德勒斯登行動』與正版相比，有過之而無不及。」

「山寨版德勒斯登行動？」

「恩來啊，我看你有點緊張。我跟你說個佛經的故事吧，也好讓你放鬆放鬆，」毛澤東點起了一支煙，吞雲吐霧，款款而談，「佛祖讓一個小和尚去清理一個閒置多年的浴槽。小和尚回來報告，說：『佛祖啊，那浴槽的積水裡有好多孑孓，我若是掀翻浴槽，倒去積水，便會犯下殺生之罪，叫我如何是好？』佛祖答道：『你的任務是清理浴槽。』於是老毛也乘機請示：『佛祖啊，我若實施「山寨版德勒斯登行動」，便會殺滅許多孑孓般的眾生，叫我如何是好？』佛祖答道：『你的任務是掀翻那艘勞什子（湖南話，玩意兒）「普林斯頓」號航空母艦。』」

「掀翻『普林斯頓』號航空母艦？」周恩來雲裡霧中，越聽越糊塗。

「一點不錯，聽我慢慢道來。」

先覺覺後覺，早悟悟遲悟，於是毛澤東主席便將他的錦囊妙計，一五一十，向他的忠實戰友徐徐展開。下面就請聽他的獨白。

# 山德行動

剛才我已說過，朝鮮戰爭，就差那麼一絲絲，沒有點燃第三次世界大戰，世界大同因此而耽誤下來了。也怪我們自己，對美帝國主義打得還不夠狠，給杜魯門留下了周旋的餘地。六年後的今天，我強烈地感到，機會再次出現了！

五三年一月，艾森豪總統一上台，立刻與台灣簽署了《共同防禦條約》，把台灣置於核保護傘之下，宣稱，對台灣的進犯便是對美國的進犯。好得很！艾克把美國，乃至整個資本主義陣營的死穴暴露給我了。我只要往這個死穴上打，狠狠地打，第三次世界大戰沒有不爆發的道理！

於是，我在五四年九月作了一次試探，對金門炮擊了那麼十來天，果然有反應，蔣介石聲嘶力竭向艾森豪求救，第七艦隊浩浩蕩蕩地開進了台灣海峽！

歡迎，歡迎！

這個第七艦隊有五十來首軍艦，三百來架飛機，三萬八千名海軍官兵，二萬二千名海軍陸戰隊隊員，一共是六萬名官兵。現任司令是華勒斯・畢克雷中將。美國共產黨情報員向我們提供了這個人的資料，雖然不是什麼高度機密的情報，但很有價值。這個人喜歡中國武術，他甚至招募了幾個在紐約的和尚，在艦上傳授少林拳，站在炮管上，搖搖晃晃地對打。

下一步我可不會再是這種小打小敲，而是要給他個德勒斯登。我把這個計畫命名為「山寨版德勒斯登行動」，簡稱「山德行動」。「山德行動」需要的不是兩千架轟炸機，而是兩千艘船，木帆船。但「山德行動」的目的不是解放台灣，而是將全世界的資本主義陣營一鍋端。主要矛盾解決了，次要矛盾便迎刃而解了。覆巢之下安有完卵，區區一個彈丸之島還要我們去解放嗎？

我要在台灣海峽的沿岸，由北至南，各個海港，福州、莆田、泉州、廈門、汕頭，同時打造出兩千艘統一規格的深艙木帆船，每條船可載一百名戰士和他們的武器彈藥。造船的過程不必保密，堂而皇之，叮叮噹噹，敵人的偵察機拍照，悉聽尊便。

為了把我們的打擊目標，第七艦隊留在台灣海峽，我們的宣傳媒體要把「一定要解放台灣！」的口號喊得山響，還要不時地對金門實施炮擊，繃緊他們的神經。

每年九月初，台灣海峽颳起季風，風向由西向東。我的初步計畫是在五八年九月一日發起「山德行動」。

打蛇打七寸，「山德行動」打擊的中心目標是「普林斯頓」號航空母艦。這個傢伙是個龐然大物，三百公尺長，四個天安門城樓那麼高，通體以三寸厚的優質鋼板焊接而成，十二門一百二十毫米的遠程火炮，三十二挺四十毫米機槍，四十六挺二十毫米機槍。

作為美國總統，艾森豪可以把「大規模打擊報復」喊得震耳欲聾，但在當今蘇美核抗衡的時代，真的要把那個口號付諸以實，他一定會意識到在軍事上、政治上的高度危險性。但航空母艦是美國軍事力量的象徵和驕傲，我要是將他的一艘航空母艦擊沉了，那就是把他逼到了死角，他別無選擇，沒有絲毫周旋的餘地，只有鋌而走險，決死一戰了。

以下是我對「山德行動」展開的預見，細節也許會有點出入，但結果是確定無疑的。

九月一日清晨，兩千艘木帆船，每條船上載有一百名全副武裝的戰士和充足的彈藥，整裝待發。

北京時間七點整，我一聲令下，第一批五百艘木船揚帆出發。台灣海峽最狹窄處是一百三十公里，我估計船隊駛至海峽的中心線，敵人的三十來艘驅逐艦，巡洋艦便會用遠程大炮對我們進行轟擊，但很快他們會理解到那是殺雞用牛刀，划不來。你想想，冬瓜一樣大的炮彈，轟隆一聲落在我們的木船上，不爆炸也砸沉了。於是他們讓我們再駛近四五十公里，改用大口徑機槍掃射。當然，對我們的木船來說，四十毫米、二十毫米的機槍子彈也就等於是炮彈了，只要命中一發，便木板飛濺，船艙內的彈藥被引發，連連爆炸，將木船炸得四分五裂，當即沉沒。我們戰士的屍體在海面上漂浮……

我們戰士的屍體在海面上漂浮，這固然是令人悲痛的景象，但有它的戰術目的，讓敵人深信，這是四九年金門戰役的重演：共匪二十八軍，試圖攻占金門，結果八千餘名士兵全軍覆沒。但毛澤東還不死心，故技重演，而且越玩越大，這回居然想以這些木殼子船來入侵台灣！於是他們大笑，再讓共匪靠近一些，打個痛快。於是我們的船隊又靠近了幾公里，又是幾百艘船被打得粉碎。就這樣，一批又一批的木船被摧毀，同時敵人的警惕性也一次一次地鬆懈下來，掉以輕心，讓我們的船隊更加靠近，玩玩少林拳交手。

一千五百艘木帆船，一艘接一艘，被敵艦的炮火摧毀了，海面上一片狼藉。

我問指戰員，現在木帆船的殘片，離敵艦最近的距離是多少？指戰員一測量，向我報告：「五百米。」

五百米，這正是摧毀敵艦的最佳距離。

我一聲令下：「出發！」

於是，最後的一批五百艘木船，浩浩蕩蕩，揚帆挺進，駛向敵艦。

其中的一艘，連我也不知道是哪一艘，船艙裡載著一顆原子彈。

# 一發迫擊炮彈

此情此景，不由得使我想起了二十多年前的一發迫擊炮彈。

一九三五年五月二十五日，紅軍長征主力部隊被堵在大渡河南岸，一道由鐵索構成的瀘定橋，被對岸敵人的一挺機槍封鎖。國民黨的追兵在後，若不過河，那就必然成為石達開第二，全軍覆沒。唯一的希望便是用迫擊炮炸掉對岸的那挺機槍。我們的迫擊炮手，只有一發渾身是鏽的炮彈，像個三代單傳的聖嬰，摟在懷裡，翻雪山，過草地，珍藏到了那個緊急關頭。整個紅軍的命運，整個中華民族的命運，都壓在那發炮彈上了。你是知道的，我喜歡作戰前動員，海闊天空，說得天花亂墜！但那回，對那個炮手，我連一個屁都不敢放，怕搞得他緊張，發揮不出最佳技巧。

說來慚愧，那天我平生第一次，情不自禁地玩了回唯心主義：我避開眾人，躲進小樹林，默默祈禱，懇求在天之靈，不管是誰，上帝、菩薩、阿拉，也不論哪個流派，佛教，道教，回教，等等等等，多多益善，來者不拒，有錢出錢，沒錢出力。

首先，請保佑那發炮彈不是顆臭彈。為什麼要這麼說呢，事出有因啊。因為那時我已被任命為中國共產黨總書記，兼中國工農紅軍最高指揮官，在共產黨和紅軍生死存亡的這個關鍵時刻，我當然得事必躬親。我彎腰看那發炮彈，發現尾翼的縫縫裡有些東西，一排一排的，細細的，白白的。迫擊炮我是外行，但對那些玩意兒我是個內行，內到脖子根，內到褲襠裡去了。

我看那炮手很緊張，於是我便跟他開個玩笑，說：「小同志啊，要不要先把這些蝨子蛋剔除掉？不雅觀事小，等下子一觸發，熱烘烘的，飛到半途，要是孵化出來了，癢癢，炮彈一扭一扭的，跑偏了那就糟囉！」

炮手大笑，說：「莫挑，莫挑，怕漏氣。」

第二，請保佑命中目標。眾神請聽清楚，具體過程如下：將炮彈餵入炮筒，「嘭」的一聲，躥了出來，彎彎地飛過去，飛過去，不偏不倚，正中對岸的那挺機槍，還要再「嘭」的一聲，炸一下！

啊，我的祈禱生效了！我們的炮手，我至今還記得他的名字：趙章城，不負眾望，這眾望包括一萬四千多名紅軍指戰員，還有那些我臨時抱佛腳，請過來的一摞子神靈，一發命中，炸毀了對岸的機槍，中國共產黨絕路逢生！

慶功會上，英雄披紅戴花，坐在台上，我給他頒發了一份帶有點封建色彩的「免死狀」，並跪在他的腳下，當眾磕了三個響頭。第一磕是感謝他救了我的命，第二磕，是感謝他救了紅軍的命，第三磕，是感謝他救了中國共產黨的命。

但命運詭譎多變。他有點文化，會打算盤，到了延安，我讓他管理後勤事務。他卻不爭氣，貪汙了一百多塊銀元，埋在山溝溝裡，打算革命成功後挖出來娶個媳婦。為那樁案子我輾轉反側，好幾夜睡不安。最後，我把他請到我的窯洞裡，鬆綁就座，炒了一碟花生米，撒了點鹽花，開了一罐泥封的地瓜燒酒，兩人對飲，促膝談心。我談到了那發炮彈上的跳虱蛋，談到了我的大雜燴祈禱，兩人哈哈大笑。飲至半夜，我憂心忡忡地談起目前黨內和軍內不斷彌散和增長的腐敗，革命再次走到了一個生死存亡的關卡。我對他說：「小趙啊，你救了共產黨一次，功高如山，青史留名。我給你的那份『免死狀』，不管是不是還在，依然有效。今晚，我懇求你，不是命令你，再救共產黨一次。你要是不願意，馬上可以走人，好合好散，我們繼續過我們的獨木橋，你走你的陽關道，永遠不要再回來。」

他流淚了，說：「願意。」

第二天清晨，他就被處決了。

應他的請求，省一顆寶貴的子彈，斬首。

我沒有親臨刑場，但下葬的時候，我去抬了他的棺材。

# 世界大同

歷史溜溜地轉了一圈，在一個現代舞台上，舊戲新唱：我們手裡有了一顆原子彈，但這是我們唯有的一顆原子彈，人類的命運，世界的前途，都壓在這發炸彈上了。但我不必再違心地來一場唯心主義，因為我們唯物主義的軍事技術人員們為這顆原子彈同時裝備了四種起爆器：

電動起爆。這是軍事、礦業上廣泛採用的起爆方式，駛至五百米時，由戰士按下電氣手柄，起爆炸彈。

定時起爆。測定前幾批木船駛到離敵艦五百米處所花的時間，就以這個數據定時。在該船出發時就啟動計時器，時間一到，自動起爆。這個定時器也限制了電動

紅杜鵑

起爆，也就是說，沒有到規定的時間，無法電動起爆，以此避免戰士過於緊張，提前起爆。

打擊起爆。原子彈遭到敵方炮火射擊而起爆。這個起爆方式是假設全船戰士在引爆前都犧牲了，無人執行電動起爆，而定時起爆器又偏偏失靈，該船漂近敵艦，遭炮火打擊而起爆。

引信起爆。就是在船頭裝一撞擊引信，木船撞上敵艦而爆炸。這是最壞的考慮：戰士們都犧牲了，定時器失效了，敵人的炮火偏偏又沒打中，最後一頭撞了上去。來個零距離爆炸。

我也不知那顆原子彈會被哪一種方式引爆，但結果是一樣的：「普林斯頓」號航空母艦被掀翻了，第七艦隊全軍覆沒。

青天霹靂，艾森豪作夢也沒有想到，會沒頭沒腦，挨了一顆那個土包子毛澤東的原子彈！

當然，原子彈爆炸的衝擊波會引起海嘯，上述的各個沿海城市，在數分鐘內即會被高達三十公尺的海浪吞沒。這固然是很悲壯的，很悲痛的，但此時不死於我方自己造成的海嘯，數日後也必在敵人的核報復中化為灰燼。橫豎總是死，早晚總是死，何不泰然欣然，從容自在，一展中華民族的英雄氣概？

接下來便是多米諾骨牌，一環接一環地開展，不以人們的意志而轉移了。

第三次世界大戰爆發。

美國發射洲際導彈，炸毀了中國西安以東的所有城市。以美國為首的聯合國軍在上述的那些建造木船的海港同時登陸，大舉進犯中國大陸。由於中國大陸的面積是朝鮮半島的五十多倍，聯合國軍的兵力估計將在三百萬至五百萬之間。

聯合國軍浩浩蕩蕩，如入無人之境，「熱」風得意，「彈」冠相慶，不料樂極生悲。螳螂捕蟬，豈知黃雀在後，蘇聯將十餘年來的核武器庫存，原子彈、氫彈、中子彈，新新舊舊，大大小小，方方圓圓，一古腦兒地傾瀉在他們頭上。神州大地被美蘇兩國的核彈痛痛快快地炸了兩遍，但資本主義陣營全線崩潰，世界大同，全球進入共產主義。

當然，各資本主義國家內的共產黨，特別是美國共產黨，所起的第五縱隊的作用也是不可低估的。

從現在起，就要穩步地向美國共產黨灌輸武裝鬥爭的觀念，並在國內，或香港，或東南亞某個小島，建立祕密基地，培訓美國，和其他各國的共產黨員，使他們獲得武裝鬥爭的必要知識和技能。培訓過程要特出政治，務必將「黨指揮槍」和「政委建立在基層」這兩個傳家寶傳授給他們。培訓過程中特別要加強共產主義思想的教育，譬如可以分期分批讓他們到我們的農村去體驗生活，親自參加地方的政治鬥爭，批鬥地富反壞右（黑五類：地主、富農、反革命、壞分子和右派五類人），等等。因為歐美共產黨和中國共產黨，雖然同是共產黨，但在思想觀念上有不可忽略的差異。不注意這一點，將來歐美共產黨在當地執政了，很可能和我們格格不入，王明、張國燾似的，處處唱反調，鬧獨立，不服從中央的領導，那就還不如一開始就將他們也消滅掉。

# 原子彈的來由

當然囉，巧媳婦難為無米之炊，「山德行動」的關鍵是那顆原子彈，說了半天，我還得回過頭來，把那顆原子彈的來由交代一下。

明年這個時候，也就是五七年的十一月，我就要去莫斯科參加「十月革命四十周年紀念大會」。參加這次大會的將有社會主義陣營內外的六十多個兄弟黨的領導人，我要趁這次機會向他們吹吹風，吹吹核大戰的熱風。當然，更重要的是，與會期間，我要和赫魯雪夫密談我的「山寨版德勒斯登行動」。

赫魯雪夫雖然鼓吹和平競爭，但我覺得他沒法拒絕我的方案。對蘇聯來說，那簡直就是一本萬利：在中國的土地上狂轟濫炸，將他們的宿敵美帝國主義及其幫凶一掃而空，何樂不為？

但要那個小氣鬼給我一顆原子彈，還得頗費一番口舌。

首先，我要對他說的是，我的要求不高，不要你的新產品，譬如，你們的那顆五千八百萬噸當量的「巨漢依凡」，鄙人不敢問津。我們只要一顆早期的試驗品，你們撂在倉庫角落裡，左右不是東西，正好乘機清理倉庫。結構越簡單越好，譬如那種槍管式的，用雷管引爆的。當量只要一兩萬噸就可以了，就是當年美國炸廣島的那個「小男孩」的威力。

其次，我對他說，這顆原子彈的投放不需要蘇方的圖-95和米亞-4等遠程轟炸機的幫助，我們還是一如既往，土法上馬，發揮我們的人海戰術。像朝鮮戰爭一樣，蘇聯完全可以裝作和此事無關。

第三，我也會信誓旦旦地保證，這顆原子彈，我們僅作一次性使用，絕不拆開研究仿造。為解除他們的戒心，我會主動請他們在交貨時將一切螺釘焊死。我雖是外行，但機械常識還是有一點的：連擺弄趙章城的那發迫擊炮彈都得輕手輕腳，原子彈當然就更不能用鐵錘、鋼釬，撬棺材板似地猛敲猛打。

第四，我保證，戰後蘇聯在世界議會內占有一半的席位。在這點上，我料想赫魯雪夫一定會討價還價，要求更多的席位，我可以讓步到給他三分之二，甚至可以讓赫魯雪夫當第一任全球總統，我暫且當個中國州州長什麼的，還要接受一位蘇聯顧問，指手畫腳，盛氣凌人，猶如當年的那個李德。可以，可以！斯巴，斯巴！我們韜光養晦，慢慢恢復元氣，再作道理。中國共產黨別的本事沒有，但由小到大，由弱至強，漸漸擴大勢力，最後取而代之的那一套，早已玩得爐火純青了。

第五，我們用這顆原子彈絕非倒賣賺錢，而是為了實現馬恩列斯開創的共產主義大業，所以應該是無償援助。「援助」兩字都不夠妥當，說到底，還是我援助你呢，應該用「提供」才是。但如果赫魯雪夫乘機敲竹槓，獅子大開口，我們也只能忍痛買單，勒緊褲腰帶，大米、黃豆、白菜、水果、豬肉，等等等等，要什麼給什麼，要多少給多少。中國人死都不怕，還怕餓嗎？

當然，赫魯雪夫也有可能拒絕我的要求，但「山德行動」不會因此而取消，只是延期而已，等我們自己造的原子彈。根據錢學森博士和鄧稼先博士的估計，最遲也可以在六十年代中期造出來，不到十年，你我都能看得到。

赫魯雪夫一定也會慎重地考慮這個因素。現在給我們，蘇聯在這場核戰中能夠控制中國，占好多便宜。但將來我們用自己的核彈打第三次世界大戰，你老大哥就得靠邊站了，說不定還要躲遠點，不要挨了流彈。
毛澤東說得輕鬆愉快，周恩來聽得目瞪口呆。
毛澤東問：「恩來啊，這場『山德行動』，你知道我準備犧牲多少中國人？」
「多少？」周恩來戰兢兢地問。
毛澤東翹起了三根手指。
「三百萬？」周恩來大膽押注，不要顯得太寒磣。
「少了點。」
「三千萬？」周恩來捨命陪君了。
「少了點。」
周恩來冷汗淋漓，不敢加碼了。
毛澤東淡淡一笑，攤牌：「三萬萬。」

# 愛的問題

是的，三萬萬中國人。

我是搞農民運動起家的，我鼓動貧苦農民造反，砍地主的頭，分地主的地，占地主的房，貧苦農民稱我是他們的大救星。那麼，我愛那些飢寒交迫的勞苦大眾嗎？

從那以後，我又領導中國人民推翻了三座大山，現在全國都在唱：「他是人民的大救星！」那麼，我愛我那六萬萬中國人民嗎？

一言難盡。

我跟你說個故事吧，其實是我老娘說的故事。

光緒二十三年，北方陰雲密布，醞釀著一場大悲劇——戊戌變法，我們家鄉先露凶兆，鬧了場空前的蝗災。那蝗蟲，多到什麼程度？我那時還穿開襠褲，覺得好玩，衝到外面，哎呀，劈哩啪啦，嚇得我趕緊往回跑，摔倒了，連滾帶爬，逃進屋來，大聲啼哭！娘趕緊把我的衣服扒下來，兩條褲腿裡，倒出來的蝗蟲滿屋子跳。我光溜溜的，舞手跺腳，還是哭。娘把我翻過身來，撲在她的腿上，她扒開我的屁股溝溝，又摳出來好幾隻螞蚱！

這些事我還依稀記得，下面的事卻是好多年後，我老娘對我說的。

那正是中秋時節，農民們家家戶戶清掃穀簍，磨快鐮刀，興沖沖地整備割稻，春新米，做糖糕，歡歡喜喜過個團圓節，卻一下子方圓幾十里，被蝗蟲吃了個光禿禿的一片！第二年春天就開始餓死人了。

我爹是個守財奴，但我娘吃齋拜佛，不敢舀家裡的穀子去救濟鄉親，卻偷偷地掏出私房錢去行善。出了我家的大門，往西轉過一個山坳，有家佃戶，一家三口，常年租種我家的幾畝水田。

那年的租金當然無從談起囉！那家的娘已經餓死，爹奄奄一息。我母親將一塊銀元塞給他們的兒子，大概十二三歲的樣子，我娘叫他趕緊到鎮上去買米救爹。過了幾天，我娘又過去看看，見他爹更不成樣子了，就問那娃：「米呢？」

那娃說：「沒買。」
「怎麼沒買呢？」
「爹不讓買。」
「不讓買？為啥子？」
「爹說，留著放債，利滾利，一塊銀元就會變成兩塊銀元，十塊銀元就可以變成二十塊……就可以買地，收租子，將來我也可以做個財主。」
我娘大叫：「啊呀呀！什麼時候了，還想得那麼遠！錢呢？」
「我爹手裡。」
「去拿回來！」
「爹抓得緊，摳不出來。」
結果是，他爹餓死了，才一根一根地扳斷他的手指，把那塊銀元挖了出來。
兩千多年前，一個宰牛高手對梁惠王說：「始臣之解牛之時，所見無非牛者；三年之後，未嘗見全牛也。」不簡單，他幹了三年便達到了「目無全牛」的水準，我老毛幹革命已有三十多年了，還剛剛達到了「目無全人」的境界。當然，我不是說，看到了一個娃娃便想到了白切羊羔；我是說，不管是誰，在我的眼裡，都不是全人，都不是好人。

回到我娘說的那個餓死的佃戶，他沒變成一個財主，耿耿於懷，死不瞑目！他是那樣的可憐，卻同時又是那樣的可憎！要知道，那個佃戶不是一個特例，而是千百年來，一代接一代，一朝跟一朝，億萬中國農民，億萬中國人民的典型！

作了這樣的一番表白，我是不是已經回答了：我愛不愛勞苦大眾？我愛不愛中國人民？

其實我犯傻了，糾纏著這個問題。愛或不愛，對我來說，壓根兒是個不相干的問題。我是個共產黨人，我信仰共產主義，我追求共產主義，我要為實現共產主義奮鬥終身。這才是我日思夜想的問題，這才是我魂繫魄牽的問題。

別跟我嘮叨什麼愛不愛的。

小資產階級情調。

# 黃河

「山德行動」後，中國的地貌將發生極大的變化，最顯著的是長江和黃河的改道。

但泠泠清爽，那可不是時裝模特兒扭扭揑揑的甩屁股，一左一右，一左一右，讓走道兩邊的觀眾都有個機會一領風騷；也不是「三十年河東，三十年河西」，在返鄉遊子的心中激起一片秋蘆飛白的感慨。

先看黃河。

黃河之水天上來，瀑布似的在巴顏喀喇山濺落，一路沖至蘭州，便向宇宙展現了一個巨大的「π」，祖沖之的圓周率，中華民族為數不多的驕傲。但核戰後，「黃河入海流」的壯觀一去不再復返。好像一個巨魔，一腳踩住銀川和包頭之間的那個肘彎，然後提起西安和鄭州之間的那個膝蓋，將黃河軟塌塌的殘肢往北一甩，飛過阿爾泰山脈，嘭的一聲悶響，暴屍於蒙古腹地。於是黃河的殘血便汩汩地往北流淌，低聲下氣地變為一條內陸河，將蒙古大草原浸成了灘一望無際的沼澤。

中華民族向來忍氣吞聲，但蒙古牧民卻剽悍暴躁，紛紛揮刀，將紅十字會運來的長筒套鞋砍了個稀哩嘩啦，堆成一座小山，淋上烈酒，燒得黑煙滾滾。

救災組組長連連道歉，說：「非常對不起，沒想到蒙古兄弟的腳丫子這麼寬，這麼大。我們犯了官僚主義，主觀主義，滿以為咱們是同種同族，腳形也大致一樣，卻壓根兒忘了中華民族漫長的裹小腳的歷史！我馬上通知北京中央政府，趕製一批特寬、特大號的。」

「不是這個問題！」牧民代表大聲抗議，「給你個望遠鏡，你自己看看，到處都是濕漉漉的，水汪汪的，往後我們的蒙古包往哪兒紮？」

啪！

「這是什麼蟲？一攤血！蝨子居然會飛！」

哎呀呀，都是些棘手的生態問題啊！

不過，既然世界大同了，全球一盤棋，問題總是可以妥善解決的。譬如，可以把南美洲亞馬遜河流域的鱷魚引進蒙古大沼澤，將當地的小牛皮生產逐步轉型為鱷魚皮手工業。至於住宅問題，四川的吊腳樓也許有些參考價值。

但還可以繼續牧羊，只是要在羊的四條腿上各繫上一圈泡沫塑料的救生圈，涉水啃草，太空行走似的，似飄似浮，晃晃悠悠，掌握好平衡要有點技巧，時有翻身淹死的事故。

但困難是暫時的，前途是光明的。經過若干代的適應，羊蹄一定會演變成鴨蹼，羊毛演變成鴨絨，羊腿越來越短，羊尾卻越來越長，扁扁地浸在水裡，一搖一擺，划櫓似的，不緊不慢，漸啃漸移，那就安逸得多了。再過了若干年，兩片耳朵也進化了，不僅能划水，而且能像側鰭一樣，隨意變換角度，控制前進方向。到了那個時候，蒙古綿羊甚至還能潛水，一個跟斗，鑽到水底，飽餐一頓高蛋白的根莖，然後爬上塊稍高的濕灘，伸長脖子，悠悠地叫一聲「曼——」，生下一顆圓圓的蛋來。

哦，只顧展望未來的綿羊，差點忘了眼前的蚊子。嚯，那老鄉的態度！不過，也確實是個新問題啊！紗窗、蚊帳、蚊香……單單這個小問題，就得派出一個浩浩蕩蕩的工作組，還要配翻譯，挨家挨戶的分發和傳授。

看斯琴高娃的《駱駝上的愛》，聽寶音德力格爾唱的〈遼闊的草原〉，美滋滋的，甜蜜蜜的，過去一看，壓根兒不是那麼回事！怪不得當年外蒙古吵吵嚷嚷鬧獨立，毛澤東不予鎮壓，反而大手一揮，把人家放了。

不過彼一時，此一時，現在是世界大同，普天同慶，浪子回頭金不換，當悉心安撫體惜才是。不要搞得一批一批的來北京上訪，皮帽、皮袍、皮靴，通宵達旦，蜷身躺在信訪站大門口。清晨一開門，骨碌一聲，翻身爬起來，往接待室的椅子上一坐，也不說話，說了你也聽不懂。但一群跳蚤，黑壓壓地撲上來，硬是把接待員手裡的圓珠筆搶走了——這玩意兒稀罕，沒見過藍的血，嘗嘗！

# 長江

再說說長江。

不久前，歐洲天文學家們拍攝到了一幅超清晰太空星雲照片，並將其命名為「上帝之眼」：蔚藍的瞳孔，潔白的眼球，粉紅的眼瞼，構成了一隻栩栩如生的大眼，目不轉睛地監視著浩瀚的宇宙，全世界基督教徒為之戰慄。其實那隻大眼是位於寶瓶星座的螺旋星雲（Helix Nebula），距離地球足足有七百光年。此刻，「上帝之眼」還在細細地查看著剛電傳上來的武則天的檔案。深宮祕史，首次曝光，諸多細節令老人家連連搖頭，朱筆眉批：「天使不宜」。但上帝盡職負責，皺著眉頭，反覆推敲，權衡功過，力求作出一個經得起時間考驗的結論——這個結論還要發往八萬光年外的銀河系中心複審。司法過程是要花一點時間的——該中心尚在鑑定著一把石斧上早已琥珀化了的血跡。天高皇帝遠，今世的信徒們和非信徒們，不論做過何種虧心事，盡可優哉游哉，高枕無慮。

與此相比，當年盟軍「飛虎隊」的飛行員們所目睹的神啟，卻與當今人類息息相關。那些飛行員們，無數次往返「駝峰航線」，每回飛越橫斷山脈，往下眺望，總會感動不已——機翼下清晰無疑地展現出一張攤開的手掌，天帝將手腕擱在海拔七千五百九十米的貢嘎山上，五根修長的手指，慈悲地低垂，任玉龍山億萬年的積雪順著他的指縫徐徐滑下，吸收著神靈的體溫，融化成一縷縷源源不斷的甘露：怒江、瀾滄江、金沙江、雅礱江，慷慨地哺育著東南亞一代又一代的的芸芸眾生。

其中金沙江和雅礱江便成了長江的源頭，每年以一萬億立方米的水，灌溉著一百八十餘萬平方公里的長江流域，哺育著兩萬萬五千萬中華兒女。

然而「人定勝天」，橫斷山脈的一段山體，在核打擊下轟然崩塌，決堤的金沙江和雅礱江，一呼隆地沖進了老撾（寮國）境內的湄公河！湄公河，柔如秀眉，穩如太公，怎承受得起這來自中國的海嘯？剛才還是在憂心忡忡，生怕北京政府在瀾滄江上建築攔河壩，切斷了東南亞各國的水源，這下倒好，剎那間，洪水滔天，浩浩蕩蕩，把湄公河流域的老撾、泰國、柬埔寨、越南淹了個盆滿缽滿，箱溢櫃溢……

海嘯雖然凶猛，還只是一陣子的沖擊；但不盡長江滾滾來，深遠地改變了印度支那的山形地貌，風土人情。

地處紅河三角洲的北越首都，河內，終於名至實歸——整座城市沉浸於河水之內。那年頭，越南的摩托時代尚未降臨，市內繁忙的交通全靠一種竹棚三輪車撐市面。河內入水的那一天，無數三輪車漂浮水面，熙熙攘攘，摩肩接踵，磕磕碰碰，全然是一派超度法會的壯觀……。

湄公河下游的柬埔寨吳哥古窟，連同周圍的熱帶雨林，被盡數淹沒，變成了印度洋的淺海陸架。孤獨的斧頭鯊，沿著宮殿的長廊陰沉沉地巡遊，時而鑽進深幽的大殿，在石柱間穿梭迂迴，搜索棲身於神龕裡的獵物。成群的魔鬼魚，則在宮殿的上方緩緩滑翔，張開大嘴，不慌不忙，很有點來者不拒的大度，撈食塔尖周圍霧似的浮游生物。

海浪翻捲，波濤洶湧，但水底的吳哥古窟寂靜安寧，唯有那冷藍的波光，透過搖曳的海帶，在石雕佛像的臉上恍恍惚惚……

金碧輝煌的曼谷大皇宮被淹得只冒出了一支支尖頂。倖存的泰民們便收集些飄樹浮竹，編紮成一方方木筏，在皇宮的上方紮營安居，緊靠塔尖，不會被潮流沖走。各類魚群在水下宮殿棲息繁衍，背陰處望下去，水族館似的。筏尖挑出一根竹竿，養上四五隻黑油油的鸕鶿，便有源源不斷的鮮魚了。水性好一點的便潛入水底，撈上來一桶桶淤泥，鋪在木筏上，種點蔬菜，點綴一下純魚蝦的伙食。雖然面積有限，但不需灌溉，根鬚滲入筏底，自有取之不盡的滋潤。這個水上農業技術漸漸發展，居然成功地種出了荔枝和芒果之類的水果，果樹的根鬚纏繞，更增強了漂島的堅固。

說來也奇怪，那些宮殿的塔尖根根都是通體包金，居然沒有人八國聯軍似的去鏟剝，聽由那昔日的輝煌在搖曳的波光中顧影自憐。有個漁民拴纜繩時蹭下來了一片，說它像樹皮吧，燒不得；說它像鍋巴吧，嚼不爛。揮手打個水漂，卻撲通一聲，沉得賊快！

老撾依然有許多和尚，但適者生存，那些僧侶一改昔日慢條斯理的散懶，一個個練成了浪裡黑條，頭頂陶碗，水球運動員似的，手划腳踢，在木筏和漁船間穿梭化緣。幾個小和尚還練出了一手絕技，一個翻身，從爬泳改為仰泳，滿滿一碗湯麵，從腦後滑到額頭，滴水不溢！那精簡到了一條褲衩的袈裟，醬紅地鼓出深綠的水面，圓溜溜的，油亮亮的，也許只是球氣泡作祟，卻已看得船頭筏尾的小妞們臉紅心跳。

那被一舉剝奪了水源的長江三峽卻是另一番景色。川江斷流，三峽乾枯，巨大的鵝卵石，層層疊疊，堵塞了狹窄的谷底。那些崩落的岩塊，雖然沉重，但在早年激流的沖擊下，仍可不斷地滾翻，緩緩地向下游挪去。但一斷水，便永無翻身之日，唯有在烈日下漸漸風化。

在卵石間苟且偷生的是一些同樣流離失所的動物。最耐乾旱的是虎紋蜥蜴，白天鑽在鵝卵石的深處，紋絲不動，卻在仔細地調整鱗片上的每一個色泡，與岩石混為一體。只有在夜裡才悄悄地爬上岩頂，讓晚風中一絲絲的潮氣在鱗片上冷凝，通過一系列精心設計的溝道，匯集攏來，流至嘴邊，舌頭一舔，便又可生存一天。

扭角羚羊每天要爬上幾乎垂直的峭壁，啃噬峭壁上方的嫩枝。尖尖的蹄子摳進下方的岩縫，彎角勾住上方的岩縫，連尾巴也繃緊了，纏住幾絲鑽出岩縫的樹根。當然也時有失足，直直地摔下去，成為其他難兄難弟動物們的生機。

最狼狽的大概要算是大熊貓。牠們從臥龍山、夾金山、四姑娘山雲霧籠罩的竹林裡猛然被下放到了三峽的谷底，乾熱難熬，一身黑白相間的皮毛早已褪盡，一個個光溜溜、汗淋淋的，搖搖晃晃，像賣狗皮膏藥的山東大漢。特別是那副大墨鏡摘了，原形畢露，一對鼠目，骨溜溜的，沒有一根睫毛！素是吃不成了，好在祖先們肉食的本能尚未完全遺忘，虎牙尖尖的還在，於是成天愁眉苦臉，撥弄著卵石間幾具腐爛的屍體，還得不停地扭動屁股，燙。

不管怎麼說，牠們還算是幸運的。橫斷山脈深深的褶皺擋去了致命的核輻射，才給了牠們一線苟延殘喘的機會。但是否能存活下來，繁衍下去，當拭目以待。

站在西陵峽的峭壁邊，眺望東方，長江流域已淪為一片沙漠，一舉奪冠，成為地球上面積最大的沙漠，東亞大沙漠。

有詩為證：

白日依山盡
黃漠入海流
欲窮千里目
更上一沙丘

# 八寶山牧場

「主席，犧牲了一半的人口，但打完了仗還有一半人口啊！」周恩來終於在核打擊下甦醒過來，恢復了思考能力，想起了自己的責任。大概是由於核輻射的刺激，情緒有點怪怪的，「那時候，中國的樣子——嗯，我估計跟月球表面差不多，外星人遠遠望來，詩興大發：『Oh, China, China, So empty, So shiny！』」

「好詩，好詩！」主席輕輕拍手，朗聲喝采，「你看，聽我談了一番原子彈，我們總理的想像力已經有了顯著的提高。核大戰後，那就必將有一個詩歌的突發性繁榮！」

「那剩下的三萬萬人吃什麼呀？」

「莫急，我自有辦法，」毛澤東淡淡一笑，「兵馬未動，糧草先行。不考慮好這一步，我豈敢動手？記得四八年林彪指揮的長春城圍困戰嗎？」

「當然記得。林彪的東北人民軍將鄭洞國的十萬大軍圍在城內達半年之久，全城的一百多萬人餓死了九成。」

「鄭洞國企圖將飢民放出城外，減輕城內的負擔。我急令林彪，將飢民趕回城去！林彪回電，說飢民如潮，擋不住！我說，用機槍掃射！有個連長不肯下開槍的命令，被當場處決了。」

「進城後，林彪說，整座城市的大街小巷，空空如也。」周恩來回憶道。

「蔣介石敗退台灣後，企圖以反人類罪向聯合國起訴我，我聞訊哈哈大笑！」

「史達林說過：『勝利者是不受起訴的。』」周恩來引經典故，加以辯護。

「排除干擾，言歸正傳。當時我讀過一些戰俘審判紀錄，那些被圍困的士兵，每天將餓死的屍體從汽車上扔下去，一長溜地攤在街頭，餓狗蜂擁而上，爭食屍體。那些士兵就坐在車上，慢慢地往回開，打幾頭肥實的野狗，拉回去充飢。讀到那些紀錄，我拍案驚呼：這不就是畜牧業嗎？人家牧羊、牧牛、牧馬，他們牧狗！真可謂『山窮水盡疑無路，柳暗花明又一村』，應用這個辦法，三萬萬具屍體，化成了灰燼的那一小部分就算是個損耗，餘下的一不埋，二不燒，全部用來餵狗，不占據土地，不浪費燃料，自自然然地完成一個質變，堆積如山的累贅一下子變成了豐厚廣泛的飼料！經過幾年的深思熟慮，『牧狗』計畫已成了『山德行動』的一個關鍵部分。我看是到了開始進行『牧狗』的輿論和試點工作的時候了。」

周恩來腸胃痙攣，喉頭抽搐，但他強作鎮定，靜聽主席的高論。

「『牧狗』不僅是『山德行動』後食物來源的權宜之策，而且更是一個大有發展潛力的，豐富的、穩定的、和自然協調的新蛋白質來源，是關係到人類繁榮，文明昇華的百年大計，」毛澤東侃侃而談，「但這是一個全新的觀念，全新的實踐——」

「這——怕阻力很大喔。」

「阻力確實會很大。但榜樣的力量是無窮的，我們當中央首長的要帶個頭，我首先立下遺囑，詔諭天下，刊登在《人民日報》的首版首條，通欄標題：『毛澤東死後餵狗』。」

「哦喲！」

「有點觸目驚心，是不是？我就是要這個觸目驚心的效果。就像馬克思的《共產黨宣言》，劈頭蓋腦就來一句：『一個幽靈在歐洲大陸的上空盤旋……』看得你寒毛懍懍的，是不是？我建議，先拿那個專門埋葬中央首長的八寶山開刀，把那些墳頭墓碑統統鏟平了，放進一大群狗，用鐵絲網圍起來，每天投料餵養。當然那『八寶山墓場』的牌牌得更換一個字，讀音還是一樣的：『八寶山牧場』——」

「哦喲！」

「恩來，你別皺眉頭，耐心聽下去。當然，我們是中央首長嘛，是『八寶山牧場』嘛，我不反對挑些好狗，譬如從西藏運些藏獒來，威風凜凜，給參觀者一個神聖的感覺——」

「叼著一條人腿，咬著一顆人頭，怕就不那麼神聖囉！」

「這是一個問題，叼著斷肢殘臂，拖著腸肚心肺，滿場跑，確實不雅觀，也不衛生，混進了沙礫，還會崩了狗牙。可以參照西藏天葬的方法，先把屍體打成肉醬——不要又來個『哦喲！』我不是要你一錘一錘的打，濺得滿頭滿面的血汙，我說的是機械化，將屍體送進一個密封的絞肉機，不鏽鋼的，亮晶晶的，一塵不染，完全就是罐頭食品廠的派頭。穿白袍，摁電鈕，嗡嗡的一陣細響，連骨帶皮攪成了肉醬，還可以適當地摻入一些調味品、芳香劑。殯儀廳裡瀰漫著一種類似烤羊肉串的香味——」

「呃——」

「恩來，怎麼啦？」

「沒什麼，沒什麼，大概是，大概是，晚飯吃了點什麼，什麼不新鮮的東西——」

「要不要讓李大夫給你看看？」

「不用不用，我挺得住，挺得住。主席啊，你又提出了個戰略性的課題，我這個當總理的必須全力以赴。嗯，中國目前的人口是六億，按我國人口的平均死亡率百分之零點五來計算，每年就有三百萬具屍體——」

「每具屍體，刨出毛髮雜物，平均就算它一百斤肉，那就有，那就有，我算術不好，恩來，麻煩你再算算——」

「那就是三億斤肉！非常可觀，非常可觀！這是個革命性的課題，事關中華民族的生存繁衍，你繼續說，繼續說……」

「恩來啊，聽你這麼計算，我覺得你的立場有些問題哦。」

「立場有些問題？」

「恩來啊，這些年來，讓你當了個新中國的總理，屈才了，大材小用了！」
「哪裡，哪裡！主席你說到哪裡去了！」
「我說的是真心話。這幾年來我一直在盤算著，想委任你一個新的職務。」
「新的職務？」
「職務的名稱還是總理，但是一個新的國家。」
「新的國家？」
「這個國家的名字是一個英文，我念給你聽，看你能不能聽懂。準備好了嗎？」
像一個面對十二碼罰球的守門員，總理繃緊了神經，屏息靜候。
「梨怕剝離殼，餓夫，破爛泥得，餓死。」
「Republic of Planet Earth，」周恩來一字一字地破譯，「地球共和國。」
「一點不錯，」毛澤東莊嚴宣告，「這正是我夢寐以求的新國家。」
「主席，從今以後，我思考任何問題，都必須立足於這個『地球共和國』。」
「好，立場問題解決了，我就繼續說下去。恩來啊，你臉色不太好，要不要休息一下？」
「承蒙重用，當鞠躬盡瘁。」

「好，那我就要談一個新的問題。由於『牧狗』的普及，全民，也就是全世界人民的蛋白質攝入量顯著提高了，人民的體質必然會大幅度地增強，平均壽命增加了，也就是說死亡率下降了。注意到了沒有，這是一個新的矛盾：蛋白質攝入量增加，會引起蛋白質供應量的減少。怎麼來解決這個矛盾呢？老辦法，階級鬥爭。」

「明白了，主席。在人民，全世界人民體質增強的同時，我們要強化階級鬥爭，頻頻發動政治運動，鎮壓地富反壞右——黃皮膚的地富反壞右，白皮膚的地富反壞右，黑皮膚的地富反壞右，各地區，各民族，按比例，下指標，不時地殺它一批，務必保持全『地球共和國』蛋白質供應量的穩定。」

「恩來啊，聽到這些話從你的口中說出來，我感到由衷的高興！你真是我的知音和知己啊。我知道，我的思維方式不合大流，旁門左道，甚至有點邪門歪道，只有極少數幾個人能理解我，並支持我。比如說，三十年前，沒有你在遵義會議上，力排眾議，無條件地支持我，我毛澤東恐怕早就被當ＡＢ（Anti-Bolshevrk，反布爾什維克）團活埋了！」

「支持你也就是支持我自己啊！當時我們已經陷入絕境，別無選擇，要是再讓博古、李德那幫人折騰下去，我們那天坐在會場裡的所有的人，一個個要血濺五步，梟首一丈的呀！事實證明，我對你的支持是對的，是你把一幫叫花子般的紅軍引出了死路，絕境逢生，一步一步地走向勝利！你的農村包圍城市戰略，你的『誘敵深入』戰術，你的土地革命政策，無不標新立異，怪誕詭譎，但一個個都證明是驚世妙棋。特別是那個『殺地主，分田地』的口號，嚇得王明臉色蒼白，但正是地主的血澆灌了革命的花！從那以後，不管你說什麼，全黨全軍，全國人民，洗耳恭聽，唯言是從。林彪同志說得好：『對毛主席的話，理解要執行，不理解也要執行。』這不是阿媚奉承，這是心悅誠服！」

「所以這個『八寶山牧場』雖然令你昏眩，令你噁心，但你還是強打精神，與我周旋——」

「不是周旋，真的不是。有點措手不及，有點惶惶然，這不可否認。但和一個天才打交道，免不了要眼花撩亂，手忙腳亂的。但我已下了決心，緊跟主席，在第二天的《人民日報》上跟上一條：『周恩來死後餵狗』。」

「歡迎，歡迎，我代表『八寶山牧場』熱烈歡迎周總理上山！恩來啊，要是我們九個政治局常委，一個個都發表同樣的聲明，那『死後餵狗』這四個字就會像『永垂不朽』一樣，令人肅然起敬！」

「好，就把這兩句連起來，成為一個口號：『死後餵狗，永垂不朽』！」

「不錯，押韻的！」

# 一條龍服務

毛澤東遐想聯翩，滔滔不絕，又來了一段獨白。

要為「八寶山牧場」設計一個莊重的場徽，像我們的黨徽，國徽一樣，公文信件上，員工衣帽上，建築設施上，產品包裝上，都要堂而皇之地印上。我建議畫上一條狗，背上兩隻翅膀，含有如虎添翼的意思，更有郭沫若同志〈天狗〉的神韻：「我是一條天狗呀！我把月來吞了，我把日來吞了，我把一切的星球來吞了，我把全宇宙來吞了！」想想看，我們的這些狗狗，開張伊始，第一戰役，就把中國人口的一半消化了，是不是有那麼一股子天馬行空，氣吞山河的英雄氣概？

「八寶山牧場」只是一個樣板，起個帶頭作用，接著就要遍地開花，「地球共和國」的全國各地，大小城市，塞外邊疆，鄉鎮社隊，都要建立這樣的牧場，當地的屍體當地處理，自給自足，豐衣足食。

剛才我提到了西藏，我認為西藏可以成為另一個重要的試驗基地。天葬餵鷹，牧狗餵犬，稍加轉換便可。藏族對牧狗，可能比我們漢族更容易接受。我們知道，西藏老百姓體質普遍比較差，未老先衰，平均壽命只有三十五歲左右，其主要原因是營養不良，蛋白質攝入量過低，但西藏盛行的天葬卻將寶貴的蛋白質資源白白地浪費了。我相信，當新興的牧狗業取代了傳統的天葬，西藏老百姓的體質必將會顯著地提高，成為西藏的第二次解放。把這個典型抓好了，高屋建瓴，對宣傳和普及牧狗業具有推波助瀾的作用。

當然，也有一個不利的條件：西藏高原偏僻冷清，遭受核打擊的可能性不大，也就是說，狗的飼料量難以得到突發性的增長。但莫愁，玩我的拿手好戲，誘敵深入嘛！在施展「山德行動」的同時，我們可以派出一支炮兵部隊，以炮擊金門的方式，在喜馬拉雅山的邊界上對印度猛烈攻擊。有點冤枉，但事出有因。朝鮮戰爭期間，印度為「聯合國軍」提供醫療服務，是美國的盟友。君子報仇，十年不晚，對宿敵實施一下軍事報復，師出有名！不管怎麼說，反正我們的目的達到了：以拉薩市的布達拉宮為中心的西藏高原一舉成了個響噹噹、熱辣辣的軍事目標，吸引十來顆百萬噸當量的核彈是不成問題的。

回到細節上來。剛才我說「自給自足，豐衣足食」，這裡的「衣」是指死者的衣服要回收利用，絕不能像土葬火葬那樣，白白地浪費了。這一點我也要帶頭，到時候我一定要光溜溜地鑽進絞肉機。純肉醬，沒有拉拉扯扯的布條，不含膠木紐扣的碎片。尤其是我那一身灰嗶嘰的人民裝，平時很少穿，十幾年了，就是見外賓披一下，起碼還有九成新，送給哪位個頭高一點的小夥子穿上，當個勞模、代表、新郎什麼的，體面得很！

斷氣前三四天，我就要自覺地禁食，保持腸道清潔，提高肉醬的品質。高僧坐化也要禁食，腸道不乾淨天堂拒收。我們雖然不求升天，但保證牧場飼料的衛生，保證下一代的健康，是我們無產階級的高尚品質，神聖責任。

屍體送入牧場前，都要在腳的拇趾上繫上一個當地醫院出具的健康標籤。綠色的，表明沒有傳染病，這樣的屍體可以直接製成生肉醬餵狗。如果那標籤是個紅色的，那就標明死者帶有某種傳染病，必須以塑膠袋真空包裝，並經高溫消毒後方可製成飼料。

「八寶山牧場」提供殯儀葬禮一條龍服務。寬敞明亮的殯儀廳，大理石磨光地面，水晶蓮花吊燈，花圈一律免費供應。鮮花是牧場附屬的苗圃用狗糞培育的，狗糞內富含氨磷鉀各類有機元素，是養花的好肥料。至於花圈的大小、規格和數量，請有關部門制定一個合理的供給草案。有區別，但不宜太大。

各殯儀廳均有管理員播放標準哀樂，但特殊的少數民族音樂，可安排小樂隊演奏。譬如印度尼西亞自治州駐京辦事處的主任過世了，可請位民歌手在追悼會上演唱一首蘇門答臘的船歌〈星星索〉：「嗚喂——狗狗呀叼著我的靈魂，帶我去見那日夜思念的親人……」

殯儀完畢後，死者被推入一扇不鏽鋼門，隨即進行加工處理。親屬則被引入休息廳飲茶靜候。一小時左右，死者的衣帽鞋襪，一一洗滌燙熨得乾乾淨淨，勻勻貼貼，包裝在紙盒內，送還家屬。家屬可當場捐獻，溫暖他人肌膚；也可帶回家去，繼續穿戴使用。總之，一針一線，來之不易，物盡其用，杜絕浪費。

和衣物一起送來的，還有兩瓶用紅綢紮在一起的好酒。哪種品牌，可根據級別不同稍有差別。說實在的，一瓶法國路易十八的波爾多和一瓶當年釀製的山東葡萄酒，我是品不出什麼高低來的。當然，最主要的禮品是統一的：一盒處理得乾乾淨淨淨的狗肉，盒內還有一包烹調作料——越南的茴香、印度的咖哩、爪哇的肉桂，等等等等，提回家去，或烤或炒，佳餚哀思，兩全其美。

哦，還有一幀桃木鏡框裝潢的免費遺像，那是根據死者家屬提供的照片精工製作而成的。細毫著色的臉龐四周，「百子圖」似的，團團圍著一圈姿態各異、活潑可愛的小狗。

# 狗的展望

提起小狗，有一件安全事務必須交代。母狗兩年便可產小狗，一胎總有五六頭，所以牧場時時有一些多餘的乳狗對外供應。有些歐美少數民族，看到一籠子毛茸茸的狗娃娃，總禁不住想抱一頭回去養。因此，鐵籠上要掛上一個二十七種語言的警告：「僅供食用，切勿當寵物！」但歡迎到牧場來當義工，一享飼養動物的樂趣，也順便教教地方語言，如英語、法語、俄語等。雖然漢語已成了「地球共和國」的官方語言，但我們依然容許各種地方語言在相當長的一段時間內繼續存在。

要積極開展牧狗業的科研工作，進行肉狗品種的改良，培育出成熟快、出肉多的優良品種。理想的肉狗看上去應該和豬差不多，豐臀，短腿，細尾，甚至無尾，尾

紅杜鵑

巴的搖擺是一種能量的浪費。這種狗叫起來很像羊，慢聲慢氣。最好沒有聲帶，完全不叫。這跟嬰兒一樣，老是啼哭的娃娃長不胖。大腦的活動熱量消耗很大，所以這種狗越笨越好，大腦退化到一粒豌豆那麼大，吃了睡，睡了吃，全心全意長肉長膘。

我還有一個不成熟的想法，能不能從非洲引進幾頭河馬，試驗和狗雜交？要是成功了，就取名「河狗」。那傢伙，宰一頭，整個村子就可以歡天喜地過個年。餵養更加方便：河狗巨口一張，大刀闊斧地往裡塞就是了，還要絞什麼肉醬？

哈，狗皮！到了那個時候，狗皮鋪天蓋地！狗皮很像山羊皮，皮質薄而韌，保暖透氣，經久耐用，北方人喜歡將狗皮製成馬甲、披肩、皮靴、手套等。我記得我老娘常年裹著一對狗皮護膝，對她的風濕關節痛很有好處。但世人懷有成見，覺得狗皮低賤，不登大雅之堂。如果那時我老毛還有幸健在，恐怕又要表演一番囉——凡我主持會議，接見賓客，出席國宴，新華社在發表新聞公報時，必定要安插一句植入廣告：「偉大領袖毛主席穿著一身灰狗皮人民裝，神采奕奕……。」

由皮聯想到毛。想當年，朱總司令和毛委員長並肩作戰，敵人罵我們「豬毛」；今天，毛澤東獻身於牧狗大業，世人必稱之謂「狗毛」。我不以為恥，反以為榮——人類在經歷了農業革命和工業革命之後，由鄙人來領導一場牧業革命，我感到無上的光榮。

總而言之，我對牧狗業的前景非常樂觀，但我也有一個後顧之憂。

你知道，我是非常反對特殊化的。但我預料，在我被餵了狗之後，後人一定會漸漸地把「八寶山牧場」變成一個特供牧場，搞成一座戒備森嚴的紫禁城後宮，每條狗都配有專門的醫生護士伺候，定時量血壓、驗小便，飯後刷牙按摩，睡前淋浴梳毛。肉醬的配方由營養師設計調配，保證營養全面，口味多樣。還要安排首都的各類樂團，樂隊定期上牧場去舉行露天音樂會，演奏中外抒情音樂，如〈紫竹調〉、〈雨打芭蕉〉、〈月光奏鳴曲〉等，使在牧場草坪上散步的狗狗們心情愉快。當然，不宜演奏國歌〈義勇軍進行曲〉之類的戰鬥曲目，以免引起狗群咆哮打鬥。甚至還會請來中國曲藝家協會黨總書記姜昆同志，來幾段歌頌性單口相聲，如〈社員樂〉、〈勞模新歌〉、〈田頭競賽〉等，看看能不能提高狗狗們的產肉積極性。

飼養環境固然重要，飼料的質量更是關鍵。於是「八寶山牧場」便以衛生部的名義，定期召開隆重的特供會議，向一些山清水秀、疾病稀少、健康狀況普遍良好的深山僻壤，如雲南的香格里拉、四川的海螺溝村、新疆的哈巴河縣，頒發特供證書，簽訂供、銷、監督三方合同。合同內詳盡地規定了產品規格、產品數量、包裝方式、運輸方式、運輸時限等等事項，由第三方，即當地的黨政機構，監督執行。

同時，「八寶山牧場」還會制定一整套嚴格的驗收標準，如不受病體、不受弱體，這尚可理解。還有，不收北大教授，這一條也有些道理——那些人面目猙獰，攪成了肉醬，扔一砣進去，還會嚇得狗狗們四下逃竄，像是見了一顆嗤嗤冒煙的催淚彈！但還有更苛刻的條例，如，包括／不限於：有吸煙史者不收，有服用激素史者不收，有服用避孕藥史者不收，有服用任何抗菌素史者不收，有服用任何膠囊藥物史者不收，有嬰兒時食用奶粉史者不收，等等等等。但遇有特例，如年齡在三十周歲以下的文藝工作者，如電影演員、舞蹈演員、影視主播、歌唱家等，則須經審核委員會面試蓋章通過。

## 尾聲

就這樣，兩位偉人，串門閒聊了一番，就把中國老百姓、世界老百姓的命運都安排得勻勻貼貼的了。

夜深了，總理起身告辭，主席說，稍候。

主席站起身來，走到案前，揮筆寫下一行大字：

紅軍炮手趙章城同志永垂不朽　毛澤東

「恩來啊，麻煩你找一個雕塑家，在濾定橋畔為他立一尊銅像。費用清單交給汪東興，從我的稿費中扣除。」

周恩來捧著墨跡未乾的題詞，走出了主席的書房。

屋裡有燈光，看不出來，但一走進夜色，周恩來的全身立刻顯示出一圈冷冷的螢光，隨著呼吸的節奏，緩緩地脈動。

小李把車停在豐澤園大門口，久久地等候著總理，睏了，便靠在座椅上打個盹。總理的身影透過後車窗，盈盈地在反光鏡裡閃爍，小李居然沒有覺察。

總理從右邊的那頭石獅走過，有點頭暈，便順勢靠著獅身，定一下神。

觸電似的，那石獅渾身一陣細微的抖顫——它感受到了毛澤東那宏大而神奇的能量。那冷卻了億萬年的花崗岩晶粒，由表至裡，深達核心，石英、雲母、長石，還有那些斑斑點點的微量金屬元素，同時感到了一種久違的熱烈——爆發，噴射，燃燒，翻騰的煙柱，赤紅的天空，刺目的閃電，酣暢淋漓，驕橫跋扈，所向無敵！

石獅發出了一聲低吼，那是一頭孤獨的非洲野象的呼號，眼簾微閉，大耳疲軟，長鼻低垂，額頭無須朝向任何方向，那是一種全方位的振盪，悠長、混厚、低沉，低沉到了超低頻，誰也聽不見，但那聲波穿透時空，傳播得很遠很遠，很深很深……。

薄薄的雪，白沙似的，沿著頸背的鬃毛，一縷一縷流下，一流入那光暈，便放慢了速度，彗星似的，輾轉反側，拖曳著晶亮的軌跡……。

送走了客人，毛主席坐回沙發，也有點累了，順手抓過來一份文件，茫茫然看了一行，還未領會那一行字的意思，頭卻漸漸地沉了下來。那張牛皮紙袋擋住了絹絲燈罩奶黃的暖光，聽由主席的臉上殘雪似的一片青冷。

窗外月光皎潔，樹叢上的薄雪漫散出一片柔白，給老人傴僂的背影披上了一件素縞的輕紗。

一陣涼氣幽幽襲來，窗簾水母似的徐徐搖擺，書房內淅淅瀝瀝，下起雨來了。那細細的雨絲，斜斜地飄灑在紫檀木書桌後的一副立軸對聯上，鏈球菌似的，在那古黃的絹絲上滲透融合，伸展蔓延，變幻出無數卜筮的圖讖。齊白石的八個篆書大字：「海為龍世界，雲是鶴家鄉」，墨跡黑亮，像河床裡久旱的泥鰍，吮吸著潮濕，分泌出稠濃的黏液，隱隱地蠕動起來。那一方刀法蒼勁的陽文朱砂印章，像腳背上荊棘的拉痕，縱橫交錯，血珠瑩瑩滲出……

昏黃的燈光中飄忽著一縷縷微妙而複雜的氣息：線裝書的竹漿味，陳墨汁的糜爛味，暖氣片下地毯的羊毛味，燒餅的焦香味，河灘的腐草味，小螃蟹的泥腥味，流浪兒的濕髮味……

牆角的一台伯明翰落地大鐘，照不到燈光，那沉重而緩慢的銅擺，暗暗地興奮起來，鞦韆似的，穿出厚實的桃木鐘殼，越盪越猛，越盪越高。那些古老的木紋，被鐘擺撕扯拖曳，來回飄揚，如同祭奠上的阿里郎舞手，如醉如癡地拋旋著頭頂上的綢帶。

那鏤花的鍍金分針，一圈一圈地往回旋轉……

鐘擺一陣瘋狂後，終於筋疲力盡，緩緩地停了下來。

九點三十一分。

毛岸英挺身肅立，目光炯炯，望著父親。

「啊，岸英，你回來啦！看你這個樣子哦，風塵僕僕！哎呀，哎呀，頭髮上還沾了那麼多泥沙！」毛主席高興得飄浮起來了，但他努力鎮定下來，穩穩地降回沙發，「兒啊，仗打完了，世界大同啦，你有麼子打算哪？」

毛岸英挺身肅立，目光炯炯，望著父親。

「你不是常常要求下基層去鍛鍊嗎？好，我有一個職務想交給你。這個職務沒有什麼光彩和榮耀，卻是平平凡凡，瑣瑣碎碎，有些髒，氣味也不太好聞，但又是一個關係到老百姓生計的大事。你把首都的這個試點單位搞好了，你會講俄文，又會講英文，那我們就可以把這個經驗推廣到『地球共和國』的各個地區去，為全世界人民謀福利，譬如說，非洲省的那個老大難饑荒問題就可以迎刃而解了。哈哈，看你這躍躍欲試的樣子！兒啊，你這個脾氣哦，真是和你老子一個樣！莫急，莫急，聽我說，這個職務就是——」

毛岸英挺身肅立，目光炯炯，望著父親。

「『八寶山牧場』的場長。」

月光探燈似的，聚焦在那束紅杜鵑上。

紅杜鵑早已擺脫了剛插入時的那番瘦弱和疲軟，而是新枝迸發，花蕾膨脹，嫩葉上一片密密的絨毛，每枝花莖都像一條被激怒的眼鏡王蛇，勃然挺立，花瓣猛張，像繃緊的腮膜，薄而透明，紅亮紅亮，筋絡細密，紋絲畢露。花芯蛇信子似地射出，頻頻抖顫，花粉震飛，紛紛飄灑……

書房的空氣似乎受某種微波的振盪，窗簾拉線下吊著的一對細細的銅管互相碰撞，發出尖細的嚶嚶聲，但主席的鼓膜稍有老化，聽不見那高頻的聲波。

不知什麼時候，景泰藍花瓶被撐裂了，幸好還沒有灌水，免去了一場淋漓，但白白的根鬚，似乎比水流更急迫，不顧藍釉的鋒口，不顧金龍的利爪，紛紛鑽出裂縫，摳進紅木底座的透雕，盤繞著遊至窗台。抵達窗台後便兵分兩路，一路沿著溫暖的糊牆布往下延伸，一個拐彎，遊進了厚厚的阿富汗地毯，誤入歧途，不見了蹤影。另一路卻咬牙切齒地鑽進了鋼窗的縫隙，沿著冰冷的牆磚，絲絲地扎入了泥土。水分和養料反饋回來，於是那些根莖便迅速地粗壯起來，將鋼窗嘎嘎地頂開，擴大縫隙，讓更多、更密的根鬚穿過。

月光潑灑在窗台上，蕩漾出一片光和影的漣漪。波紋中根鬚匆忙，彎彎扭扭，糾纏交織，迂迴翻越，蛇群似地向窗外的大千世界遊去……。

紅杜鵑

活炸 活烤

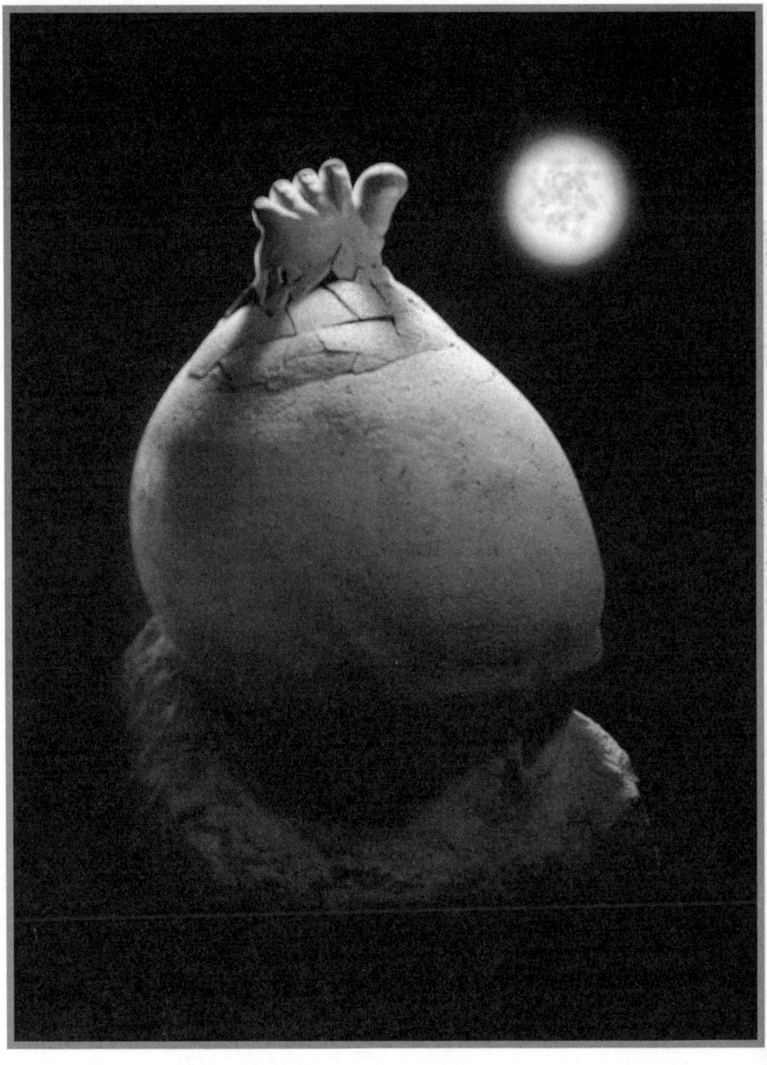

北京。

一九五九年七月中旬的一個黃昏，雷雨剛停。

紫禁城的琉璃瓦摩肩接踵，斂聲屏息，閃爍著菜市口抖顫的興奮。

臨刑的殘陽，戴鐐長街行，一路淋灑著鮮紅的遺憾。

深藍的天穹高遠透明，那是宇宙度量無窮無盡的零。

長安大街上浩浩蕩蕩的自行車隊，同樣的廠牌，同樣的服飾，同樣的速度，同樣的表情，同樣的疲勞，同樣的飢餓，密密麻麻的小腿驅動著密密麻麻的輪胎，周而復始地輾壓著濕漉漉的路面，發出一片蝗群嚙噬草皮的沙沙聲。

一輛黑色的紅旗牌轎車，平滑地推開浮萍似的脊背，轉入故宮西牆外的南長街。噪雜的市聲漸漸遠去，油亮的車身在油亮的瀝青路面上滑行，彷彿一尾抹香鯨無聲無息的巡遊。兩側高大張揚的白玉蘭樹在路的上空合抱，構成了一條斑斑駁駁的甬道。

華燈初上，一陣晚風拂過，暗香恍惚，潔白的花瓣緩緩飄落，緩緩迴旋，變幻莫測地調和著金黃的燈光和青藍的暮色。

柔軟的麂皮座墊浮托著三位忐忑不安的客人，司機從三個單位將他們一一接來：

友誼賓館的特級烹調師黃廚師，北京水產研究所的秦教授，中國人民解放軍總醫院的腹腔外科主任鄭大夫。

這三位客人前兩個星期剛見過面。

那時秦教授和鄭大夫同時收到了國務院辦公廳的邀請，在友誼賓館與其他一些社會名流共進晚餐，慶祝黨的生日。秦教授和鄭大夫的請帖上都加了一行剛勁有力的鉛筆字：「請在晚餐前一個小時抵達賓館，進入廚房，參觀特級烹調師黃廚師『油炸活魚』的烹調過程。」。

雖然還不知道上級的意圖，但秦教授和鄭大夫還是遵照請帖上的指示，仔細地觀看了「油炸活魚」的過程。那天黃廚師的「油炸活魚」用的是條四、五斤重的鰱魚。那年頭菜市場上的淡水魚幾乎絕跡，這麼大的一條活鮮鮮的鰱魚簡直就是天外來物。北京市居民每月每人的一斤魚票，往往只能買上幾條從渤海灣裡抓來的橡皮魚，獐頭鼠目，形容猥瑣。不剝皮，沒法吃；剝了皮，剩層紙。

興高采烈地吃完了那條「油炸活魚」後，同桌的其他賓客不知心態如何，至少秦教授和鄭大夫感到一縷無功受賞的迷惑——這油炸活魚乃國賓珍肴，今日為何平白無故，款待我這個幾乎被反右的沸油炸得焦頭爛額的知識分子？

但秦教授比鄭大夫實惠，受之有愧之餘，更能得寸進尺，居然趁人不注意，將餐桌上那顆吃剩的魚頭偷偷地倒進了拎包，回家煮了個熱氣騰騰的魚頭湯，闔家吃得更是有滋有味。

秀才偷書不算偷，秦教授身為水產研究所所長，渾水摸魚，順手牽了顆魚頭，雖然不登大雅之堂，有點腥味，卻也可以認為是一種職業習慣，無傷大德。

卻說那轎車緩緩左轉，駛進了狹窄的西華門路。

這西華門路並不通向中南海的那個顯赫輝煌的新華門。新華門面對著車水馬龍的西長安大街，琉璃瓦頂，雕梁畫棟，武警挺立，大旗飄揚，國徽高懸，紅燈鮮豔，黃牆上標語激昂，左曰：「偉大的中國共產黨萬歲！」右曰：「戰無不勝的毛澤東思想萬歲！」

但那是唱空城計，連那武警皮帶上鼓囊囊的子彈盒都是空的。

首長、貴賓極少從那兒進出中南海。

你想想，要是西長安大街10路公共汽車上混上了個亡命之徒，見一溜子紅旗牌轎車從新華門魚貫而出，他搖下車窗，居高臨下，狠命扔過去一顆炸彈，「轟隆」一聲巨響，硝煙瀰漫，殘骸狼藉，那不成了當年林彪在平型關上痛殲阪垣師團的輜重車隊？

共產黨比日本鬼子聰明，悄悄的幹活，張揚的不要。

這條西華門路幽幽地引向西苑門，那才是首腦們和貴賓們進進出出的關卡。西華門路和南長街的丁字路口偏僻冷清，對面是紫禁城的西護城河，河岸茅草蕭索，河內綠藻散懶。一隻斑鱉撥開腐泥，緩緩浮起，借著飄葉的掩蓋，小心翼翼地探出針眼似的鼻孔，將閃電擊碎的負離子一粒一粒地吸入。緊依著岸石邊厚厚的苔蘚，一小簇黑油油的蝌蚪在水面下悄悄地蠕動，悄悄地長出細小的腿來。偶爾一隻蝙蝠俯衝而下，翼尖擦著水面，叼去一隻在浮草上晾曬蟬翼的蜻蜓，靜謐的河面才激起一片微微的漣漪。

但寒來暑往，颳風下雨，總有些行人沿著河岸來來往往，個個訓練得蜥蜴一般，勾頭縮頸，腦袋保持穩定，眼珠卻能溜溜打轉，環顧四周，包括腦後，風吹草動，歷歷在目。

路口常年有個賣糖山楂的小販，氈帽布鞋，對襟黑褂，纏布腰帶上繫著個褡褳，甚至小鏡框裡的那張流動攤販營業執照，也像模像樣地蓋著個工商管理局的印章。但草把上插著的那些糖山楂卻一概為鮮紅的塑膠圓球，永不乾癟，永不融化，永不褪色。他腿邊的竹簍裡裝的也不是炭爐榨糖，而是一架摩托羅拉短波對講機，和一支上了膛的五六型衝鋒槍。那些行人時不時側身與他匆匆私語幾句，那副神情根本不像是在熙熙攘攘的龍潭湖廟會上，掏出兩枚一分的硬幣，換一串亮晶晶的酸和甜，光明正大，喜悅開朗，而是像毒品販子在交頭接耳，竊談一筆祕密交易。

這紅旗牌轎車任由那些行人一路掃描，驗明正身：車身、車胎、牌照、反光鏡、保險桿，等等等等，最後司機搖下車窗，與門庭警衛交換了一個眼色，相當於當今的瞳孔掃描，比任何證件都要可靠，便從簡樸得如同四合院似的西苑門駛進了中南海。

中南海內的車道一律為水泥方磚路面。那是根據第一夫人江青同志的指示，她不喜歡柏油路面，說瀝青有股怪味，聞了頭疼。也是根據她的指示，中南海內廣種紫丁香。她沒有說明原因。但無獨有偶，她那僑居法國的早期情人唐納先生在巴黎開了一家名為「紫丁香」的飯館，飯館的前庭後院種滿了紫丁香。這種萬里遙遙，魂牽魄繫的情感，鴛鴦蝴蝶派千古不朽的主題，是否也暗含點兒時下風靡世界的蝴蝶效應？

舊日黃花，不提也罷。

那轎車沿著中南海東側靜謐的小道穿行了一番，轉到西北角的一個灰色大理石條的台階前停了下來。石欄圍著一方寬闊的平台，平台上是一棟黑瓦紅簷的房子，沒有琉璃瓦的閃耀，卻更添一番肅穆和莊重。大門朝東，門楣上一方黑匾，三個鎦金顏楷大字「西花廳」。

三人下車，一時手足無措，劉姥姥進大觀園似的伸頭探腦，四下張望。看不出什麼名堂，於是一起在漫散的餘暉中側耳聽鳥。

兩隻畫眉遙遙單挑，針鋒相對，不停地轉調變曲，時而婉轉悠長，時而尖厲短促，要出種種華麗花腔，想方設法難倒對方。林深葉茂，雨珠閃爍，不知鳥在何處，但空氣透明，環境幽靜，那叫聲脆亮清晰，紋絲畢露，似乎能聽得出喉頭絨毛的抖顫。

一位祕書含笑走下水跡未乾的石階，將來賓們引入會客室。祕書讓服務員上茶，他請客人們稍候，首長即刻就到。

三人竊竊私語，猜測究竟是哪一位首長召見他們，更猜測為什麼要召見他們。

突然從邊門健步走進來一個人。

周恩來總理！

眾人驚惶失措，凳椅一陣亂響，慌忙站起身來。

周總理笑容滿面，連連擺手：「隨便，隨便！」

三人齊聲喊道：「總理好！」

「同志們好！」周總理操著他那揚州醬菜一樣呱啦鬆脆的江淮國語，朗朗地做了一個集體回禮後，又走上前來，和眾人一一握手。

「秦教授，你好！」周總理含笑望著客人，「人工培育鮭魚進行得還順利吧？」還沒等秦教授理清思路，周總理已經握住了下一位客人的手。

「黃廚師，施亞努親王很喜歡你做的法國蘑菇汁小牛排啊！」

黃廚師哽咽得說不出話來，周總理又轉身問候另一位客人。

「鄭大夫，我讀了你在《中華醫學雜誌》上發表的〈戰地腹腔創傷感染的控制〉，對世界革命很有價值啊！」

鄭大夫張口結舌，如同受了全身麻醉。

「我想你們三位以前一定見過面吧！」周總理順手拉過來一把椅子，在桌邊坐下，環視三人。

「是的，是的，我們見過面，見過面，那是六月三十日——」黃廚師說。

「星期二，四點三十分，在友誼賓館的東餐廳，黃廚師的廚房裡，不錯吧，」周總理不假思索，隨口而出。

三人目瞪口呆。

周總理哈哈地笑了：「你們一定納悶，那次聚會，我怎麼知道得一清二楚呢？說穿了很簡單，你們的那次會面是我一手安排的。」

三人面面相覷。

「好，我們言歸正傳，」周總理迅速切入主題，「這次專程請你們來，是要和你們商量一件國家大事。」

三人正襟危坐。

「你們都知道，再過幾個月就是國慶節了，那是中華人民共和國建國十周年的大慶。你們一定都看到了，坐落在天安門廣場西側的人民大會堂已經竣工，國慶十周年的國宴就將在人民大會堂裡舉行。那國宴廳裡將擺下五百張餐桌，款待五千位國內外貴賓。」

三人一陣唏噓。

「你們也一定看到了，雖然我們國家正承受著空前的自然災害，國民經濟正經受著嚴峻的考驗，但這座無比宏偉的人民大會堂，從設計到竣工，只花了短短九個月的時間，這是世界建築史的一個奇蹟。這次國宴的客人中將有很多來自五洲四海的國際友人。我一直在想，如何讓外賓們領略新中國的這種無與倫比的速度和效率呢？正好，有次在友誼賓館接待埃及總統納賽爾，請他吃了一條油炸活魚。黃廚師，是你親手做的，記得嗎？」

「記得，記得，那天您還陪了納賽爾總統到廚房裡來參觀呢。」

「那天做了一條，我想，你能不能多做幾條呢？」

「總理，您的意思是——幾條？」黃廚師探出上身，小聲地問。

「五百條，同時做五百條。」

黃廚師渾身一震，張口結舌。

「很難，是不是？」周總理又暢懷大笑，「我知道這很難，不僅我知道很難，全世界都知道這很難。油炸活魚，渾身炸得焦黃，但端上桌來，魚嘴還在一張一合，吃到只剩一顆魚頭，一身魚刺，那魚還不肯斷氣！這是中國烹調的奇蹟。就是在我們中國，也沒幾個廚師有這樣的手藝，黃廚師，你說是不是？」

「哎，也沒什麼神祕的，就是手腳快一點而已。」黃廚師謙虛地說。

「你說到點子上了，油炸活魚，速度要快，效率要高，」周總理轉向鄭大夫和秦教授，「你們二位一定見識了黃廚師的手藝了吧，油炸活魚，從頭到尾，分秒必爭，一點也不能耽誤，講究的就是速度和效率。我想能不能通過這個獨特的烹調藝術，同時上五百條油炸活魚，讓來自五洲四海的貴賓們領略一番新中國的速度和效率。好了，圖窮匕首見，我今天請諸位到這兒來，就是要讓你們組成一個科研小組，攻克這個課題。」

這就是總理啊！圍棋國手似的，成竹在胸，運籌帷幄。

「好，你們談，群策群力，暢所欲言，」總理說：「今晚這個會客廳沒有其他的接待任務，你們盡可以在這裡討論。這裡安靜，還有茶水供應，是不是？」

三人都笑了。

「我相信你們一定能完成這個光榮的政治任務。回頭你們寫份報告給我，有什麼條件，要什麼單位、人員合作，一一列出，我會盡力配合。總之，要解放思想，大膽創新，不要受任何框框的約束。當然囉，要注意保密，國家機密不能對外洩漏。好，我還得去開個會，先走一步，祝你們成功！」

總理再次和每個人握手道別，精神抖擻地轉身走了。

會客廳裡一下子靜了下來。

三人感到耳朵裡嗡嗡響。

沉默了好一會兒，黃廚師終於開口了：「同時炸出五百條活魚，哇！」

「那可要好大的一口油鍋呀！可能比我們所裡的那個魚池還要大，」秦教授說。

「可不是嗎！看來還要搞一個特殊的吊架，夾著魚唇，一條條的吊在上面，一起浸入沸油炸，」黃廚師說。

「你上次在廚房裡告訴我們，不僅浸入沸油的深度要嚴格掌握，油炸的時間也要精確控制，」秦教授說：「這些問題其實倒不難解決。我所和清華大學自動控制系經常合作，可以請他們設計一套程式控制。」

「那敢情好！」黃廚師說：「但問題是，油炸前每條魚得刮鱗、開膛什麼的，我就擔心還沒等第三條魚刮完鱗、開完膛，那第一條魚就斷氣了。」

「刮鱗倒不是個主要問題，」秦教授說：「成年魚，特別是淡水魚，損失了魚鱗，並不是致命傷。我們實驗室的魚缸裡常有雄魚互相撕咬，魚鱗咬得殘破不堪，但還是鬥志昂揚。」

「開膛也要看摘除哪個器官，」鄭大夫說：「要是單單摘除消化系統的器官，如胃、膽、腸等，只要心血系統和呼吸系統不受損傷，一時死不了。大規模鎮壓反革命分子那會兒，我指導過好幾例活體解剖——」

秦教授與黃廚師互望了一眼。

感到了聽者的詫異，鄭大夫作了點解釋：「就像中學生解剖被乙醚麻醉的青蛙一樣，犯人是在全身麻醉下接受手術的，感覺不到任何痛苦。客觀上來分析，手術檯上的犯人可以說比刑場上的犯人更幸運一些。」

「就是，就是，刑場哪比得上醫院？我見過幾次槍斃，哎喲，回來剁肉醬都有點噁心！」黃廚師深有感觸。

「當然，不在其位不謀其政，醫科大學的責任只是培養醫生，太複雜的政治問題我們理解不了，也不感興趣，」鄭大夫說：「學院向公安部門提出要求，公安部門滿足學院的要求，社會主義的合作關係，不存在商品交易。」

「其實那對公安局也有好處，」黃廚師回憶道：「那陣子，他們忙啊，警車成天嗚啦嗚啦的。那時老百姓暗地裡嘀咕：要是拉菜拉煤也有這麼忙乎就好啦！」

秦教授的臉拉長了。

「不要緊張，不要緊張！隨便說說，也不是什麼壞話，提點兒建設性意見嘛。咱家三代貧農，不然怎能當得上友誼賓館的廚師？咱黨委書記說，對這兒一個廚師的政治審查，比對一個飛行員還要嚴！」

「不無道理。」秦教授放鬆了點。

黃廚師對鄭大夫說：「我的意思是，你們要走了一批犯人，也減輕了點他們的工作量，你說是不是？」

「這倒也是。數量雖然不多，但不無小補嘛，」鄭大夫說，「對送來的犯人我們從來不問案情，一視同仁，以禮相待。」

「革命的人道主義嘛。」秦教授點頭稱是。

「一點不錯。要是凶神惡煞似的，搞得解剖對象太緊張，腎上素分泌太多，血液循環太快，那就會影響教學效果。言歸正傳，我是說，學生們輪流上手術檯練刀，只要不切除心血系統和呼吸系統，同時不斷地輸液，就可以連續解剖兩三天。解剖結束後，在一旁監視的武警戰士還得在解剖對象的脖子上打幾個死結，用他們的行話來說，『紮泥鰍』，才能最終將犯人處死。」

「你們對維持人的生命確實很有經驗，」秦教授點頭贊許，又補充了點意見，「魚是冷血動物，生命力就更強一點了。」

「不錯！不錯！其實油炸時，魚肚子裡會影響口味的也就是那些魚腸、魚胃、魚膽什麼的，」黃廚師說：「但還有一個問題：開了膛，把那些髒東西剪了，扔回魚缸裡，游來游去，那魚肚裡剩下的那些心啊肝啊什麼的，拖泥帶水的——」

「得縫合一下，」鄭大夫說：「我是說，開膛摘除部分器官後，那魚的腹腔得簡單地縫合一下，這樣油炸時也不會損傷心臟和肝臟，魚的生命更可延長一些。」

「魚肚上的肉最嫩，客人們最喜歡吃。我是擔心，那魚肚上的縫線會不會卡進貴賓們的牙縫裡去呢？」黃廚師問。

「不會的，我們可以採用一種低溫的蛋白質縫線，如羊腸線，魚肉炸熟了，那縫線也就化了。」

「有道理，有道理！」黃廚師興奮地說：「好，就這麼辦，五百條光溜溜的魚，肚子縫得好好的，在魚缸裡游。咱不慌不忙，一條條抓出來，夾上鐵架，魚身慢慢地浸入油鍋，炸得焦黃！哈，成了！」

「恐怕還有個物理問題要考慮，」秦教授說：「魚的咽喉部有道單向閥門，只進不出。縫合後不透氣，腹腔的空氣受熱膨脹，怕會爆炸。」

「嗯，這確實是個問題。能不能從喉管插一根管子進去，譬如說麥管呢？」鄭大夫說。

「對！對！炸完了就把那麥管扯掉。我敢保證，那魚躺在白白的瓷盆上，像剛生了個娃的產婦，有點疲乏，但舒坦坦的，一臉的幸福。咱一勺子花花綠綠的金針木耳、醬醋麻油、蔥薑蒜泥淋下去，哈，誰還看得清魚肚上那些縫合的小針眼？」黃廚師高興地說。

「黃廚師，你談到了疲乏，手術後是有這個現象，主要是由於失血和麻醉。當然，病人手術後需要休息，略感疲勞反而是一個有益的生理現象，」鄭大夫說：「但我們這批油炸魚卻要以牠們充沛的活力去為國爭光，任何程度的疲勞都是不能容忍的。我看可以考慮在魚缸的水裡適當加一點興奮劑，譬如說咖啡因，使魚在手術後和油炸後仍能保持足夠的清醒。」

「這肯定是會有效的。我們研究所曾經用睪丸酮刺激池養鮭魚的排精，效果不錯，」秦教授說：「但也有一點副作用，用那種過程受精孵出的魚苗，凶得很，小小的就會咬人。」

「我看只要興奮劑的劑量控制得恰到好處，我們這五百條油炸魚完全可以做到精力充沛，神采奕奕。哦，說起興奮劑，我們院裡發生過一起事故——內部消息，不要外傳。一個傷員手術後疼得厲害，按理應該給他注射一點嗎啡。當班的那個護士啊，不是把處方念混了，就是把藥瓶拿錯了，居然給那傷員打了一針咖啡因！哎呀，那傷員捂著肚子在走廊裡跑啊，剛搶了個銀行似的，砰砰嘭嘭，一路把輪椅撞得人仰馬翻，三個警衛還按不住他！」鄭大夫連連搖頭。

「哦喲，咱們的魚可不能搞得那麼狂啊，貴賓一筷子下去，『蹦！』的一下，來個鯉魚跳龍門，一尾巴將宴會廳的水晶燈撂了下來！」黃廚師繪聲繪色。

「當然，當然，劑量上我們要做反覆的試驗，」鄭大夫說。

「鄭大夫，我還是在想你剛才說的縫合問題……」秦教授說。

「我明白你的意思，秦教授。切口縫合，不管怎麼粗糙，也要花一點時間。我看可以多配備一些人手，這不會有什麼大問題，我可以打個電話給北京醫學院的院長，到時候讓他動員一批學生來幫忙，順便也可以練練手藝，」鄭大夫說。

「嚯，想想看，五百條魚掛在鐵架上，整整齊齊的排成一個方陣，閱兵式似的！」黃廚師得意洋洋，「秦教授，五百條一個方陣，長裡有幾條，寬裡有幾條啊？」

「嗯，五百條魚，一個方陣……」秦教授默默地心算著，但思想不知不覺地開了點小差。五百個魚頭，倒了多可惜啊，他幽幽地想，要是能有機會在國宴後幫忙收拾桌子，裝它滿滿一拎包，就有二三十個魚頭啦，撒點鹽醃一下……

「秦教授？」黃廚師追問。

秦教授猛然醒來，暗自慚愧，趕緊運算：「哦，那就是二十三條魚一個縱隊，二十二個縱隊，還有六個後備。」

「哇，這麼大的一個方陣，要控制到同上同下，不容易啊！」黃廚師說。

「確實不易，」秦教授說：「魚在油炸過程中能保持清醒的關鍵是魚頭始終處於沸油之上，大腦神經沒有受熱破壞。但在這麼大的一個方陣裡，很難保證每條魚的頭部都得到完善的保護。我想能不能特製一批塑膠小冰袋，油炸前往魚頭上一套……」

「紅的！我看就訂製一批紅的冰袋，就像那些老外的聖誕老人！」黃廚師樂了。

「秦教授，你這個製冷法還有更大潛力啊！」鄭大夫說。

「你的意思是——」

「我的意思是有了你的這個製冷法，我們就獲得了更大的自由，更大的空間。我想能不能下一步搞個比魚更大一點的，」鄭大夫說：「譬如——」

「豬！」黃廚師幾乎是叫喊起來了，「我們下一步來一個活烤乳豬！上個月北京外語學院的一個肯亞來的留學生和咱們一個北京妞結婚，在我們的賓館辦酒席。我們知道非洲部落打到了什麼野獸，立馬架起火來烤，於是我們就給他搞了個烤乳豬。賓館的一個電工別出心裁，把那頭乳豬的眼珠子摳了，埋進了一對紅燈泡，電線就從後邊那個小眼眼裡捅進去。見那小紅燈一閃一閃的，那黑小子咧開一張大嘴笑啊，笑得是一口白牙！你想想，一對小燈泡，就已經把那個老外逗得那麼樂，要是我們抬上個眨眉眨眼的——」

「怕有點難度啊，」秦教授說：「豬是哺乳類動物，維持生命的過程比魚要複雜得多。」

「秦教授，不瞞你說，作為一個外科醫生，對付豬我更有把握——豬的解剖結構和生理過程幾乎與人一模一樣。」

「你們說的那些，我不敢插嘴，」黃廚師說：「不過我得告訴你們，烤豬的時間肯定要比炸魚的長得多！」

「不怕，我們可以設計個特殊的烤箱，把豬頭留在外面，按秦教授的方法，套上個大冰帽，豬身子烤得冒油，豬頭連汗都不會出，」鄭大夫說。

「哇，那簡直就是咱們賓館九樓的那種箱式日光浴了！」黃廚師笑瞇瞇地說：「前兩年那些蘇聯專家的胖妞們老喜歡脫得光光的，躺在裡邊曬。一個個腦袋露在外面，頭髮上裹著坨大毛巾，服務員挨個兒往毛巾上淋冰水。我坦白，有事沒事兒的，我老找個什麼藉口溜上去飽飽眼福，哦，不是豔福啊！」

鄭大夫甩過來一個眼色。

「對不起，對不起！」黃廚師賊眼溜溜，四下望了望，「沒事，沒事，服務員不在。」

「還可以考慮用人工心肺機。接上那設備，七、八個小時的全麻醉手術也沒問題，」鄭大夫說：「經費絕不會有問題，北京市市長萬里同志對人民大會堂的設計人員們說：『這次就看你們敢不敢花錢了！』人民大會堂幾十個億，我們要五百台人工心肺機，牛身上拔根毛而已。」

「除了頭部的外冷卻，豬的胸腔和腹腔也可以作為一個內冷卻系統，」秦教授說：「冷卻水不斷地從喉管灌入，流經胸腔和腹腔，然後從殘留的一小段直腸流出。這樣乳豬的心血系統和呼吸系統就不會因烘烤而過熱了。」

「難怪九樓老打電話下來，讓我們給那些胖妞們送冰凍飲料！」黃廚師說：「一個道理啊！」

「確實是一個道理。只是那些胖妞們的腸胃還沒有被摘除，冰凍飲料流動的阻力比較大，流量有限，那麼一點冷卻效果對付日光浴也許是夠了，但要是像乳豬一樣烤的話，不出兩分鐘就斷氣了。」鄭大夫矜持地一笑。

「那就暫時不考慮烤胖妞！」黃廚師大笑，「哦，我又想到一個問題，食品講究色香味，顏色是第一印象。我們的乳豬全身烤得焦黃油亮，但腦袋依然一個個慘白泛青，色彩是不是有點兒不夠統一？」

「嗯，這倒是個問題。上個月我們所裡的那個患晚期肝癌的黨委書記去世了，全所職工都去參加了追悼會，排成一長溜走上前去和遺體告別，」秦教授回憶道：「書記雖死猶生，比活的時候還光彩！書記生前表情嚴肅，難得一笑，從來沒見過這麼好看的臉色，真可以說是面如桃花，嬌嫩欲滴啊。我說『欲滴』，一點沒有誇張——那遺體是剛從冰箱裡推出來的，鼻尖上亮閃閃的，凝滿了細細的水珠……」

「哈，那不是梅蘭芳嗎！」黃廚師又樂了，「小時候我家就在前門外，過幾條胡同就是廣和戲場，我們小孩子常常從後門溜進去看白戲。記得有回演的是《霸王別姬》，是夏天，我趴在台沿往上瞅。那時候劇場哪有空調？前面幾排體面的看客還有人打個蒲扇，遞個冷凍汽水、冰鎮手巾什麼的，戲場小廝還時不時抓著個噴霧筒，嘴裡喊著：『閉眼囉，閉眼囉！』噗嗤噗嗤地往看客的頭頂上方噴灑薄荷花露水。但後排的就沒那麼講究啦，一個個光著膀子，腋毛閃亮，大汗淋漓，聽到來勁的地方，猛吼一聲『好！』身子那麼使勁一搖，狗抖濕毛似的！還有當場中暑的，也不退場，捏著鼻子，灌瓶十滴水，掐掐人中，閃幾個耳刮子，忽悠回來，繼續看戲！但你看那台上的梅蘭芳，跟你們那個書記一樣，面如桃花，嬌嫩欲滴，鼻尖上也是亮閃閃的，有些細細的……」

「那是熱汗，我們書記鼻尖上的是冷珠，溫度和成分都大不一樣，」秦教授說：「我還沒說到要點呢。我是說書記的遺容雖然紅光滿面，但兩片耳朵卻沒有化妝，青獠獠的，十分猙獰。」

「嗯，秦教授的提醒非常重要，我們的烤乳豬一定要防止這個問題，」鄭大夫說：「我看可以這樣，打個報告，把廊坊火葬場的遺體化妝師請來，培訓一批豬頭化妝員。人頭豬頭大同小異，眉毛倒不必描了，也不用抹唇膏，但皮膚的褶皺比較深，毛孔也比較粗，用粉要重一點，打粉的刷子毛可能也要長一點。」

「不過，也有可能試驗下來，發現根本不能用粉彩，因為乳豬渾身被烤得油亮亮的，卻頂著個剛才黃廚師說的那個梅蘭芳似的粉臉，恐怕有點不倫不類。也許京劇大花臉用的那種油彩更為真實。」秦教授插話。

「很有道理！這個問題可以由化妝師去決定，」鄭大夫繼續說：「總而言之，不管是粉彩還是油彩，最主要的還是不要疏忽了那兩片耳朵。乳豬的耳朵比你們那位書記的耳朵要大好幾倍，青獠獠的像國民黨反動派的青天白日旗，不美觀事小，如被敏感一點的首長認為這是含沙射影，暗示屈膝投降，那我們就吃不了兜著走啦。」

「嗯，聽說五五年新設計的一套人民幣的圖案裡就暗藏著國民黨的黨徽和蔣介石的面孔，幸虧周總理心細，在各種各樣的化學試劑裡浸泡，用各種不同波長的光線照射，整夜拿著個高倍放大鏡，反反覆覆地檢查，終於發現了那個罪惡的陰謀！」秦教授說。

「我記得那陣子上銀行去存款特別慢，」鄭大夫回憶道：「營業員對每張鈔票都要翻來覆去地檢查，生怕有特務在圖案花紋裡用暗號密碼聯繫。」

「還有更嚴重的呢！西城區公安局的偵查科科長是我的老鄉，前幾個月他悄悄的告訴我一件大案——」想起了兩位高級知識分子剛才的長臉和眼色，黃廚師故意欲說又止，吊吊他們的胃口。

秦教授和鄭大夫的身子探了過來。

「喲，不說了，不說了，漏出去不得了！」

「哎，老黃，我們會對外亂說嗎！」

「這個地方——」

「服務員不在，小聲點說嘛。」兩人將椅子拉近了點。

「好，那我就說啦，」黃廚師清了清嗓子，小聲地說：「我那老鄉告訴我呀，周總理有回從飛機的艙洞望下看，發現北到海淀區，南到大興區，西到石景山，東到朝陽區，整個北京的道路、胡同、房屋，居然構成了一面完完整整的星條旗！咱們紫禁城裡一棟棟琉璃瓦的皇宮，都成了那旗上小不點兒的星星！」

「太可怕了！」秦教授和鄭大夫倒抽了一口冷氣。

「周總理極為震驚，立刻向毛主席匯報。毛主席批了八個字：『深挖細查，脫胎換骨』，內部簡稱『深脫』。我老鄉說，那回『深脫』，可抓了不少人，還特地從在撫順戰犯管理所把溥儀提出來審問。」

「溥儀？那個末代皇帝？」

「就是他。」

「那和溥儀有什麼關係？」

「他是皇帝，皇城的布局當然和他有關係！我老鄉說，別看溥儀呆頭呆腦，低眉順眼的，其實狡猾得很哪，操著一口旗人的京片子，舌頭一捲一捲的，跟你貧嘴，跟你胡攪。」於是黃廚師便詳盡地透露了那次提審溥儀的過程，繪聲繪色，十分生動，就是有點亂。

幾年後溥儀寫了本《我的前半生》，老舍為之捉刀潤色。仿效那個先例，筆者不揣冒昧，將黃廚師的原話稍加整理，以饗讀者。當然，如果溥儀先生在他未來的《我的後半生》中追憶這段往事，與下文不符，當以皇上為準。

兩個審訊員盤問溥儀，要他交代在紫禁城的那些年和美國的關係。溥儀裝糊塗，說，好像沒啥關係啊。審訊員從公事包裡掏出一本美國雜誌，『啪』的一聲，甩在他面前，那是一本當年的《時代週刊》，封面是溥儀的畫像，那畫家故意採用了中國的年畫風格，大紅大綠，皇帝臉上還抹了兩塊圓圓的胭脂，活像東北二人轉裡的一個媒婆。

溥儀一看大叫：「哎呀呀，報告首長，把我畫成這個樣子，這不是對中國人民的侮辱嗎？我還能對美帝國主義有好感嗎？」

審訊員說：「美國人送了你一輛豪華轎車，提醒你一下，別克，四個門，紫色的，是不是？」

溥儀又大叫起來：「哎呀呀，報告首長，哪是送的！老實說，就是他們願意送，咱也不能接受啊！這裡有一個民族氣節的問題，您說是不是？那輛別克是我自個兒掏腰包買的，向通用汽車公司買的。整整八百個十兩的銀元寶、付款時又賞了那買辦十個銀元寶。隨便問一下，您二位首長見過銀元寶沒有？」

審訊員沒吭聲。他們年輕，哪見過那玩意兒？

「那就讓我給二位首長交代交代：舊話重提，百感交集。銀元寶有紋銀和足銀兩種，純度稍有差異。當然囉，那時候到我手裡的一定要是足銀。我兩歲時就有這個本領，太監要是遞給我一個紋銀製成的玩具，我塞進嘴裡一咬，立馬哇哇大哭！」

「那是怎麼回事？」

「我也說不清，估計是硬度有些細微的差異吧，小孩兒常常有特異功能，等我稍微長大了一點，反而不行了。現在啊，你就是讓我啃一塊膠鞋底，我還樂滋滋地以為是條牛皮糖呢。不去管它了。銀元寶有一兩銀元寶，五兩銀元寶，和十兩銀元寶，大小不一，但一個個都沉甸甸的，摸上去滑滑的，咬上去軟軟的，舔上去涼涼的。」

「幹嘛要舔呀？」

「銀傳熱快，行家用舌尖一舔就知道銀的成色。聽聲也是一個辦法，往元寶的尖翼上一彈，側耳細聽，『嚶——』純銀的聲音細膩清晰，連綿不斷，非常悅耳！你若將那元寶在耳邊前後左右稍稍移動，更能聽出一番變幻莫測的音調。咱戰犯管理所地處渾河南岸的碾盤地草灘，夏秋蚊子多，關燈後老在耳邊嗡嚶，別人煩躁，唯獨我心靜，閉目細聽那銀子的低吟，如訴如泣，似夢似幻，勾魂蕩魄……」

「瞎扯，有那麼好聽？」一個審訊員將信將疑，他掏出一枚五分的硬幣，在桌上磕了一下，舉到耳邊聽了一番，不免有點珠玉在側，覺我形穢的感覺。

「那，一兩銀子值現在多少錢？」另一個審訊員脫口問道。

「敢問二位首長年俸多少？」

「呃，這個嘛，反正也不是什麼機密，說給你聽聽，對你也是個思想教育，人民翻身了，生活安定幸福：咱每月四十來塊錢，加上一點崗位補助、夜班津貼、業務獎勵什麼的，就差不多五十元了。」

「啊，不少啊！」
「比上不足，比下有餘，為人民服務，咱也不成天計較那些。」
「您二位的官職，我想想，大概相當於那個時候的錦衣衛。」
「錦衣衛？」
「就是宮廷裡的警衛官和情報官，和您二位一樣，都是百裡挑一的尖子，俊模俊樣，足智多謀，身手不凡，當然，最關鍵的是要非常可靠！錦衣衛一個個身穿金黃飛魚服，腰佩翠綠繡春刀，腳蹬青皂牛皮靴……」
「哇，那麼神氣?那，那你每月給他們幾兩銀子？」
「錦衣衛的年俸一般是五十兩銀子左右，賞銀就不好說了，有多有少，像您二位那麼盡職，我一賞就是一個十兩的銀元寶！」
「嚯！」兩個審訊員手裡沉甸甸的，心裡樂滋滋的。
「哎呀，說了老半天，還是不能說明問題。哦，還有一個更簡單的辦法：現在北京辦喜事，一桌酒席要多少錢哪？」
「不便宜啊，我去年結婚，一桌就是八十多塊錢哪！」
「啊，這就可以比較了。當然也不是一碼事，但至少有一個參考。我記得——

啊，記憶猶新啊，那種生活方式，燈紅酒綠，醉生夢死，真是腐敗不堪哪！二位首長要是感興趣，我可以詳詳細細，做一個專題交代。我是說，有一次我在八大胡同的『銷魂樓』上，為那個陳圓圓辦了一席花酒，我記得花了——」

「少囉嗦！」兩名審訊員猛然驚醒，大喝一聲，「溥儀，我問你，當年你命令太監們鋸掉皇宮裡的門檻——」

「哎呀呀，報告首長，確有其事，確有其事！我損壞公共財產，損壞國家文物，罪大惡極，罪——」

「老實點！不要避重求輕，掩蓋你和美帝國主義勾結的重大罪行！我們有足夠的事實證明你的破壞是一個巨大的陰謀。我讀給你聽，被你下令鋸掉門檻的地點如下：東一長街的內左門、西一長街的內右門、東二長街所有的門、西二長街所有的門、東六宮中的五座宮門，以及御花園的東西二門，一共有五十三條門檻被鋸掉了！回答，你這樣肆意破壞，是不是有意把故宮的道路搞成一條條平行的直線？」

「平行的直線？那是幹嘛呀？」

「不要裝糊塗！你知道得清清楚楚！」

「哎呀呀，報告首長，那可是三十多年前的事兒啦，我那時才十六七歲，迷上了自行車，一口氣買了二十幾輛，有英國的三槍牌啦、法國的雁牌啦、德國的藍牌啦……」

「鋪張浪費！我連買一輛二手貨飛鴿牌也積攢了好幾個月！」

「是，是，鋪張浪費，鋪張浪費！鋪張——」

「往下說！」

「是，是，所以我就成天騎，不僅我騎，我還讓我的弟弟、妹妹，還有我的那些一摞子皇后啦，妃子啦，哦，還有幾個小太監，一呼隆地跟著我騎，嚯，浩浩蕩蕩的一個車隊啊！首長，您二位想想，那一道又一道的門檻，不是老百姓家的那種門檻，故宮的門檻有膝蓋那麼高，一尺來厚，扛著輛車，翻山越嶺似的，一會兒上車，一會兒下車，一會兒上車，一會兒下車，一會兒上車，一會兒——」

「還有完沒完哪？」

「您二位也不耐煩了，是不是？所以啊，報告首長，我就一古腦兒把它們全鋸掉啦！」

……

（此處三百四十一字，描述溥儀以大煙誘惑審訊員，三人居然烏煙瘴氣一番，顯然難為史實，更有損幹警形象，疑為黃廚師添油加醬，餵鹽送聽，故刪除之。）

「溥儀確實很狡猾！」鄭大夫說。

「我在報紙上讀到過溥儀的罪行，他有一個英國老師叫莊士頓。我幾乎可以看到，一對波斯貓似的綠眼睛，在毓慶宮書房的昏暗中一閃一閃的，有那樣的老狐狸成天調教，哪能沒有點道道？」秦教授說。

「我老鄉說，溥儀跑不了，還要換上經驗更豐富的幹警繼續對他進行審訊，」黃廚師說：「他還說，周總理要北京城市規劃局盡快拿出一個的方案來，把北京所有的街道都改成像蘇州園林那樣，拐彎抹角，彎彎扭扭的，並計畫把紫禁城裡的宮殿全部拆遷，分散到四周的郊區去，整個北京城脫胎換骨，徹底粉碎那個強加在中國人民頭上的星條旗，肅清美帝國主義在中國的流毒！」

「反帝反殖民主義，任重道遠啊！」秦教授唏噓不已。

「國內外反動勢力無孔不入，我們搞這個項目也一定要提高警惕啊！」鄭大夫不寒自慄，「組織部固然會對每一個豬頭化妝師作必要的政治審查，但乳豬化妝完了，我們還是要逐個細細地檢查一遍，防止有人搞陰謀。」

「老鄭啊，你那個『無孔不入』倒提醒了我，」秦教授說：「最好再請一個有經驗的耳鼻喉科的大夫，戴著個頭鏡，仔細地檢查一下每頭乳豬的鼻孔和耳道，防止特務分子把一條反動標語捲得緊緊的，塞進去，以達到在國宴上破壞我們黨和國家聲譽的罪惡目的。」

「我記下了，記下了，」鄭大夫嚴肅地點了點頭，「我會聯繫的。」

「嚯，想不到簡簡單單的一點化妝引出了這麼多複雜的問題！」黃廚師說。

「未雨綢繆，居安思危啊！」鄭大夫說。

「好，問題總算解決了！」黃廚師高興地說：「哈！想想看，到了那天，周總理站在主席台上，朗朗的一聲喊：『上菜！』五百頭活烤乳豬，抬上五百張餐桌，一個個渾身烤得金黃，冒著熱氣，一刀刀割下去，嗷嗷叫——」

服務員躡手躡腳的進來添茶，黃廚師收住了嘴。

噓——國家機密！

目送那服務員提著熱水瓶走了出去，黃廚師才又開口：「剛才我說到哪兒啦？」

「嗷嗷叫。」鄭大夫提詞。

「哦，對了，嗷嗷叫。其實，油炸活魚也想叫啊，你看牠們嘴唇一張一合的，可惜叫不出聲來啊。乳豬可大不一樣啦，嗓門本就尖，沒見過這麼大的場面，又興奮，又害怕，叫爹又叫娘，連吃奶的力氣都使出來啦！你們想想，那五百頭烤乳豬嗷嗷叫，五百條細細的尾巴溜溜轉，朝鮮人民共和國的團體操似的，再配點什麼〈百鳥朝鳳〉、〈喜洋洋〉之類的民族音樂，尤其是那個嗩吶，鼓著腮幫子吹，和那嗷嗷叫一唱一和，嚯，那國宴廳的氣氛，沒法想像，沒法想像！」

「好極了！」鄭大夫說：「我們在油炸活魚的報告後面再加一個今後發展的構想，供總理參考。人民大會堂的每一套設計方案都要搞一個立體模型，給審核的首長們一個直觀的印象。老黃，你那個『嗷嗷叫』很生動，很有感染力！你交際面廣，能不能找個搞音樂的，上郊區的豬圈去錄個音，然後再處理一下，搞成個混聲大合唱似的音響效果，附在報告裡一起送上去，也使總理對未來的宴會氣氛有個直觀的印象。」

「總理不是說，要誰合作可以儘管提嗎？我看還可以在報告裡提個大膽的建議，讓郭沫若同志寫首〈女神〉那樣的詩，和著老鄭說的那種音響效果，讓北影的于洋，或于藍那樣的演員來個配音朗誦！」秦教授來了情緒，不勝感嘆，「唉，說來慚愧啊，少年時立志獻身文學，但後來不知怎麼的，泡湯搞起水產來了，但我業餘時間裡還是忍不住要寫點詩。今晚就當眾獻醜，來個拋磚引玉，譬如說：『豚啊豚，你烤得焦黃，卻栩栩如生！豚啊豚，你獻身人類，革命精神永存！』」

「好！好！抑揚頓挫，琅琅上口，愛心真摯，熱情洋溢，既有新體詩的流暢，又有格律詩的嚴謹！繼承和發揚了『五四』開拓的一代詩風，完全可以跟聞一多的〈紅燭〉媲美！」鄭大夫的文學功底也不淺，評點得十分得體。

「過獎了，過獎了！」遇到這樣的知音，秦教授簡直有點飄飄然了！改天一定要把老鄭請到家裡來，再給他念幾首比較得意的。好幾年前大連漁場送給他一瓶東北高粱燒，不是什麼大不了的好酒，但一直捨不得喝。酒逢知己千杯少啊，到時候來個一醉方休！

兩位高級知識分子在搖頭晃腦地陽春白雪，黃廚師卻還在下里巴人，摸不著頭腦：「臀啊臀？嘻嘻，老秦，臀部那玩意兒可以偷偷地瞄幾眼，但也可以寫詩來熱情地歌頌？」

「哎，老黃，你想到哪兒去了！」鄭大夫趕忙替秦教授解圍，「豚就是豬，文言文的豬。」

「啊，有道理，」黃廚師一下子理解了，「把豬叫做臀，八九不離十。」

「要從後邊看過去，那就是百分之一百了。」秦教授也笑了。

「二位，二位，看來咱們要長期合作啦！」黃廚師樂呵呵地說：「爺兒們看得起咱，咱也不會虧待哥兒們。這年頭什麼都配給，這個票，那個券的，你們高級知識分子過年有半斤花生的高知補貼，磕巴磕巴也香不到哪兒去。從今以後，咱們合作，二位週末就上我這兒來，開開牙祭，改善改善伙食。咱伙夫一個，手裡沒有玉印，但有一把鐵勺啊，別的不敢說，但二位在我這兒一定餓不著！來它一大碗老湯雜碎麵，厚厚的一層油，冒不出熱氣來，偶爾也可以蓋上一塊紅燒臀肉！」

這回是秦教授和鄭大夫互望了一眼，並將滿嘴的口水暗暗地嚥了下去。

「哦，招待外賓八成上茅台，宴席完了把幾個酒瓶顛過來甩甩，總能倒出個小半杯來。現在把茅台吹得天花亂墜，但口味我覺得跟二鍋頭沒啥兩樣，就是香味比較濃點兒，」黃廚師說：「我給二位留點兒，嘗個稀罕。」

「瓶底裡的沒問題，但老外酒盅裡喝剩的就——」鄭大夫說。

「也沒問題，烈酒的酒精含量百分之四十以上，消毒殺菌！」秦教授說：「上回我連那個——」

秦教授猛然煞車，切斷了後話。

哎呀呀，人一混熟嘴就漏，那種事兒也能誇口？

「不勉強，不勉強。哦，又想起來一件事！二位，往你們的小本本上記下，」黃廚師說：「得請總理給咱們一個代號，比如『八三四一工程』什麼的，名正言順，師出有名，三天兩頭開著輛車，上郊區人民公社去轉悠，什麼都抓來烤一下。賓館的地下室大，咱們可以在那兒搞一個實驗室，北頭的窗口伸出個排煙管，成天嗤嗤地往外冒油煙。搞完了魚，咱們馬上搞豬，搞完了豬，也可以試試驢、馬、牛……」

「駱駝！」秦教授的眼鏡片上射出一道閃電，「聽說摩洛哥有烤整頭駱駝的！」

人們常說，小孩兒需要多多地鼓勵，大人何嘗不是如此？你看，一個身為研究所所長的高級知識分子，聽了幾句花言巧語的捧場，想像力瞬間膨脹，恆星爆炸似的！

如果你對一個抓著根拐杖，彎腰駝背的老大爺說：「喲，哥們，我可從來沒見過撐竿跳運動員用這麼短的撐竿！您這是籃球超星柯比，全靠雙腿的彈跳力啊！」話音沒落，老大爺就蹦到百貨大樓的背後去了！

如果你對一個馬上就要拉出去槍斃的大貪汙犯說：「喲，首長，您這麼簡樸啊，手銬上連一個鑽戒也沒有！」那他一定會熱淚滂沱，仰天高呼：「馬上通知蓋茲基金會，我要捐個官銜：外蒙古省黨委書記！告訴蓋茲，款子已經付清了，正在候補，可以轉賣！」

如果你對胡錦濤總書記說：「您絕對就是人類史上最有膽略，最有魄力，最大刀闊斧的領袖！」那他立馬就會命令溫州生產八千萬把竹掃帚。全中國的共產黨員，包括九名政治局常委，一律打成四類分子，上街掃地！他自己也往脖子上掛個牌子，對著鏡子剃個陰陽頭，剩下的半邊依然油光可鑑，從此每天彎腰清掃中南海的新華門。

哦，對不起，遛馬了，還是說駱駝。

「駱駝？行啊，行啊！北邊那個胡麻旗人鄉就有駱駝，開車過去就兩個小時的樣子，」黃廚師說：「十來匹駱駝，給城裡來的人騎著玩。不貴，一毛錢半個鐘點，還有人牽著。去年夏天我去騎過一回，但不到兩分鐘我就下來了。」

「顛得慌？」秦教授好奇。

「哪兒還會顛？老得連走也走不像啦。那天我穿著條短褲，騎在上面，不見動靜，那趕駱駝的一個勁地跟他的牲口磨蹭，估計是在作思想工作。我心裡嘀咕，這也算我時間？看看周圍那些遊客，一個個在駱駝背上扭啊扭的，嚯，職業騎手似的！我剛要罵一聲『臭美！』不料腿裡邊一陣騷亂，低頭一看，嚇得我一臉的雞皮疙瘩！」

「怎麼回事？」

「跳虱！密密麻麻，上甘嶺的美國鬼子似的，蜂擁而上！我一骨碌滾了下來，但已經晚了，腿裡邊已經被咬得紅渣渣的一片！」

「這種情況可以要求退款。」秦教授說。

「我說了，但那老鄉說不中。」

「怎麼不中呢？」

「他說我不應該提前下來。」

「提前下來有什麼不對的？」

「他說那些蝨子沒吃飽，一呼隆都跟著我跑了！明天他就要將這頭駱駝賣給一個屠夫了，過秤起碼要輕掉好幾斤。哦，扯遠了，談正經的，」黃廚師說：「我看駱駝完全可以搞，但一次國宴可能只能搞一頭。放在主席台上，全體貴賓排隊走上前去，和史達林遺體告別似的……」

「老黃，不要亂說。蘇聯專家雖然撤走了，但人家畢竟還是社會主義陣營裡的老大哥嘛，」鄭大夫說：「而且，遺體的比喻也不太妥當，我們的駱駝雖然烤熟了，但還是活的呢。」

「不僅是活的，而且還可以耍一個絕招，擤鼻涕，」秦教授說：「牠把脖子往後一縮，然後猛地向前一衝，啪的一聲，射出一團黏糊糊的鼻涕，可以將二十幾米遠的一匹狼擊倒。」

「啊呀呀，那滿桌的拼盤、炒菜、糕點豈不一古腦兒地都成了水果羹啦？」黃廚師連連搖頭。

「這個問題用一個結實點的口套就可以解決了。鄭大夫說，精神病院裡為了防止狂暴型患者咬人或啐人，常常給患者套上一個皮革的口套。但駱駝的力氣非常大，我看還得派幾個強壯一點的男服務員，左右兩邊扯緊了轡繩，防止貴賓們切肉的時候，牠那條長長的脖子扭來扭去的，甩飛了客人們手上的盤子。」

「老鄭，這樣看來，說不定你還得在場，沒事你可以躲在台後吃點喝點什麼，」秦教授說：「但一旦服務員控制不住，你得馬上衝上前去，注射一針鎮靜劑。」

「對，對，鎮靜劑！」黃廚師咧開嘴笑了，「老鄭，可千萬不要又搞成了咖啡因，一針下去，嚯，駝峰上頂著咱鄭大夫，撒腿就跑！」

「別開玩笑。」秦教授擺了擺手，探出身子，認真地聽鄭大夫的意見。

「鎮靜劑怕沒那麼快，」鄭大夫有點擔心，「可能得請北京衛戍部隊派出一名戰士，抱著把衝鋒槍，藏在幕布後面，一旦控制不住，就掃開貴賓，『噠噠噠』的給牠一梭子達姆彈。再不行的話，就只能毀了這道菜了，全體趴倒，給牠一顆手榴彈。」

「嗯，手榴彈的殺傷效果更為快捷，」秦教授點頭稱是，「但在慌忙中投彈，怕未必一定能炸毀駱駝的頭部。」

「要是那駱駝機靈一點，一口接住那顆空中飛過來的手榴彈，呼啦一聲，」黃廚師齜牙咧嘴，將脖子使勁一甩！

「後果不堪設想！」鄭大夫低聲自語。

「嗯，不能排除這個可能性，」秦教授說：「我想能不能把一顆手榴彈偽裝成個駝鈴，預先吊掛在駱駝的脖子上，緊急時刻用無線電起爆？」

「好！一舉摧毀牠的中樞神經系統！」鄭大夫立即同意。

「哎喲，那多可惜！」黃廚師連連搖頭，「好好的一道菜，炸得一塌糊塗，咱們不白忙了一場？」

「未必是白忙，」鄭大夫說，「你想嘛，老黃，我們國宴的外國貴賓大多是亞非拉的戰友，像金日成、胡志明、狄托、霍查、卡斯楚、西奧塞古，等等等等，赫魯雪夫就暫時不請了，反帝反殖民主義，身經百戰，出生入死。這一聲爆炸，駱駝肉四下飛濺，貴賓們爭先恐後，趴在地下搶碎肉，抓起來就啃，一股子熏肉味，豈不更增添了一份戰鬥的狂歡，戰友的情誼？」

「就是，就是！亞非拉對咱們就是有感情！」黃廚師連連點頭，「咱們賓館餐廳的毛主席畫像下面，地毯都被磨白了一圈——亞非拉來的外賓宴會後，無一例外，都要在毛主席像下拍照留念，還要舞手舞腳，高唱〈東方紅〉。」

「施亞努親王也很會唱啊。我聽過他唱自己作詞作曲的〈懷念中國〉，不是現場，我沒那個資格，是紀錄片，」秦教授說：「他一面唱一面流淚，還拍了個特寫鏡頭，亮閃閃的，那真是淚流滿面哪！」

「他打了噴嚏沒有？」黃廚師問。

「打噴嚏？好像沒有。不過我注意到好幾次，他的臉剛皺了起來，鏡頭就切換到觀眾席去了。」

「你看，你看，我就知道，他往手帕裡撒了點辣椒粉！老實說，我總覺得那個施亞努不是個味。我給你們說件事。上回他啃完了我給他做的一塊牛排，只見他歪著顆糖葫蘆似的小分頭，臉上泛出一對甜甜的酒窩，尖起個蘭花指，拈起盆子裡的骨頭，放在一條白白的餐巾上，虔誠地包了起來。他說要把它帶回柬埔寨，對他的老百姓說，他在北京取到了真經，這顆佛牙就是證明。當時我一聽就——嚯，那股子怪怪的法國香水味，黃鼠狼放了個屁似的。那傢伙細皮白肉，尖聲尖氣，一顆糖水荔枝似的下巴，笑起來一個勁兒地抖！我敢打包票，絕對是個太監！娶了六個漂漂亮亮的老婆，老天哪，六個就是整整半打呀！秦教授，你是個詩人，想像一下，是不是一個個鏽得像丟了鑰匙的鐵皮鎖？」

「哦喲，你這比喻！」秦教授皺起了眉頭，「老黃，你到底要說什麼呀？」

「我是說那鐵皮——哦，不對。提起那傢伙，我都氣糊塗了！我剛才都說到哪兒啦？」

「牛排佛牙的事。」又是鄭大夫提詞。

「對，對，施亞努要把牛排骨頭拿回去冒充佛牙！當時我一聽就大吃一驚，覺得那玩意兒畢竟是我提供的，歷史的罪人可擔當不起啊！我雖然不燒香拜佛，但菩薩那個東西，誰也說不清楚，最好不要亂來，糊裡糊塗把哪方神仙給得罪了，暗中在我的陰曹地府檔案裡記一筆，那就麻煩啦！於是我就俯下身子——哎喲，那股子怪怪的法國香水味——」

「黃鼠狼放了個屁似的，知道了，往下說，」秦教授和鄭大夫同聲催促。

「於是我就俯下身子，小聲地問親王：『佛牙有這麼大的嗎？形狀好像也有點……』聽我這麼一問，施亞努哈哈大笑，他說：『有回啊，我在暹粒吳哥窟主持一個法會，我舉起根白白的、長長的、彎彎的牙，說這是佛祖小時候掉了的乳牙。老百姓啊，就一呼隆跪下來，一個勁地磕頭啊！你猜，那是根什麼牙？告訴你吧，那是我們柬埔寨森林中最大的動物——』」

「象！」秦教授和鄭大夫同時叫出聲來！

……

夜色已深，窗外月光如水，蟲鳴啾啾。

服務員又進來添茶加水，並端來一盤點心：豌豆黃，驢打滾，糖耳朵，嚾，還有幾塊宮頤府的茯苓夾餅！久違，久違！

三人賓至如歸，談興更濃，智慧和熱情頻頻迸射著火星，如同西花廳後院那盛開的海棠，那是周總理最喜愛的花。

西苑門外護城河的水面上，蒸騰起了一片淡淡的夜霧。
緊挨著岸石的苔蘚，那些蝌蚪依然在悄悄地蠕游。
那隻斑鱉，再次浮出水面，探出細細的鼻孔，悄悄地吸入那清涼的霧氣。
那些勾頭縮頸的行人，依然在悄悄地徘徊……。

132 雪茄煙

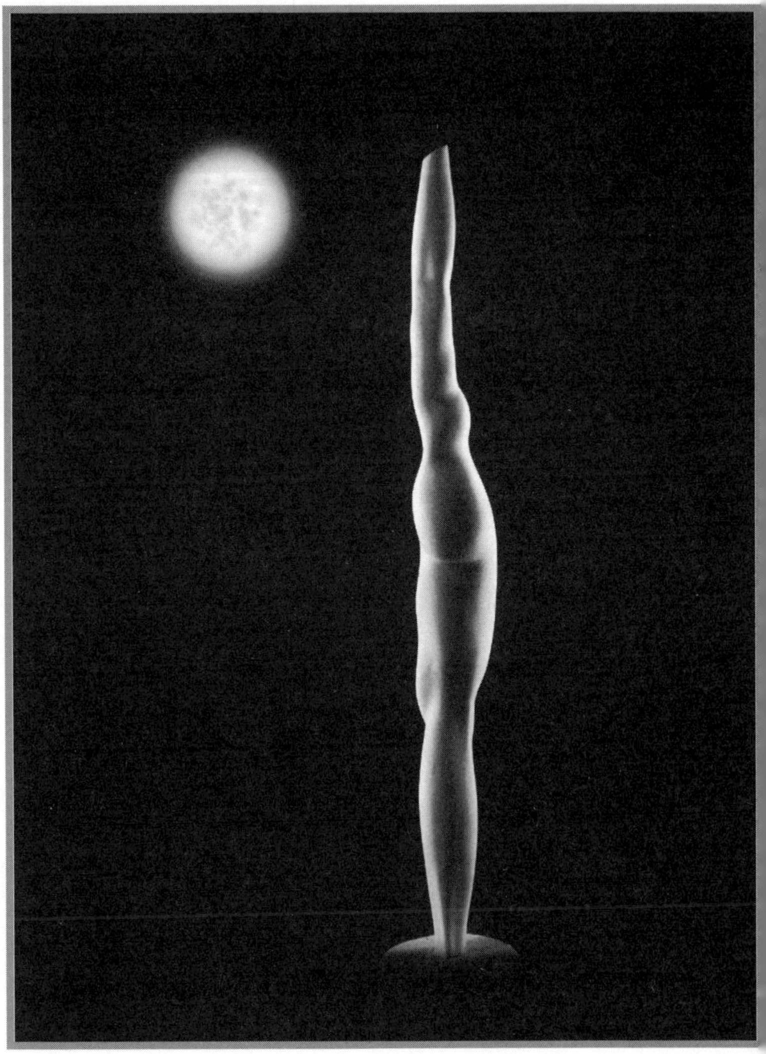

一九七六年九月八日深夜。

北斗傾斜，銀河恍惚。

中南海，一面摔成了三塊的穿衣鏡，在月下閃爍著鋒利的冷光。

南海的北堤，豐澤園一片縱橫交錯的黑瓦，像潛伏著的一群鱷魚。

堅守了七百餘年，披著厚甲的飛簷，在黑暗中默默地舉起手臂，像從暗堡裡鑽出的一隊兵俑。

從厚重的窗簾裡漏出的燈光，曲曲折折，或斷又續，刻畫著難以隱蔽的焦慮和惶恐。

中華人民共和國主席毛澤東走到了生命的盡頭。

豐澤園大門兩邊的一對石獅，披著滿頭的冷露，頹然趴倒在慘澹的月光下，像中了致命的箭矢，流淌出一灘稠濃的黑影。

貓頭鷹，巡夜的更夫，在瀛台的楓林深處漫遊，隔著南海靜謐的湖水，不緊不慢地送過來一聲又一聲的啼叫，單調，悠長，淒厲……。

菊香書院的四合庭院裡古柏森森，飛簷層層，大白天也是葉影婆娑，入夜就更是陰冷寂靜。

四合院的東側是毛主席的書房。燈光昏暗，四壁書架上的線裝書，整整齊齊，密密麻麻，像秦始皇的千軍萬馬，素甲素旗，肅然無聲，魂兮歸來，靜候帝皇靈車的萬里回鄉。

毛主席的臥室位處菊香書院北頭，門窗朝南。窗外的一排紫丁香開得興旺，紫花和白花在朦朧的月光下紛雜交錯，飄散出陣陣香氣。不是蘭花那種清幽纏綿的暗香，而是像奧地利宮廷舞會上的那種雍容富貴的馥郁。

但景隨情移，情景相生，此刻這怒放的紫丁香既不是清幽纏綿，也不是雍容富貴，而是令人聞到殯儀館大廳裡噴灑的那種芳香劑。你龜縮一隅，你屏住呼吸，沒用，那香氣掠過死者粉彩鮮豔的臉頰，轉彎抹角，不遠萬里，將死亡的氣息灌入你的肺葉，灌入你的神經系統。

毛主席躺在一張木架雙人床的外側，床的內側像一個書攤，凌亂地堆積著他常讀的書籍。工作人員可以整理老人家的被褥，但沒人敢染指領袖的書籍——每一頁、每一行都和中華民族的命運息息相關。

四根床腿下分別墊了一塊五寸見方的砧木，以適應主席高大的身材。毛主席身上蓋著一條薄薄的本白的棉毯，使用多年，毯邊磨出了絲絲散線。

毛主席的保健醫生李志綏博士和貼身護理張玉鳳女士躬身站在床邊，憂心忡忡。

毛主席躺在一張印尼馬蘭草編織的席子上，草席下是大興安嶺厚實的杉木板，不翹不裂，吸汗透氣，翻身俐落，臥坐自如。

這是主席終生的習慣。

一九四九年十二月毛澤東主席首次訪問蘇聯，下榻於克里姆林宮的沙皇臥房。沉陷在天鵝絨的席夢思裡，毛澤東一夜輾轉反側，睡不著，不由得長歎一聲：「這不是跟我打游擊戰嗎，你進他退，你退他進！」KGB在那臥房裡安裝了竊聽器，客人的抱怨立刻被呈報給了史達林，第二天的雙邊會談便直率得多了。

床頭立著一台銅柱的落地燈，巨大的絹絲燈罩散發出金黃色的柔光。

床的對面掛著一幅齊白石九十歲那年畫的立軸〈蒼鷹圖〉。那鷹獨立懸崖，目光炯炯，利爪下一片空白，供人想像那深不可測的峽谷。但這位在中國現代史的長空展翅翱翔了半個世紀的梟雄終於垂翅閉目，奄奄一息。

傍晚時，政治局常委們一個接一個，來到主席的床邊，聆聽主席的臨終囑咐。江青還彎下身子，抱著主席的頭，在那寬闊的前額上深情地一吻。但她雙手的位置卻被細心的張玉鳳注意到了：江青右手托著主席的後腦，左手卻蓋住了主席的口鼻。

幸虧只有那麼一吻的時間，否則張玉鳳一定會上前干涉。

常委們退出了臥室。

「李醫生，你看到了嗎，剛才江青左手的動作？」張玉鳳把李醫生拉到一邊，壓低了聲音，但壓不住氣憤。

「看到了，」李醫生說。

「她是不是想要——」

「不是。」

「那她為什麼——」

「估計是分居的時間長了，不習慣那氣味了。」

夜深人靜，常委們聚集在菊香書院西側的會客廳內，壓低了嗓音，緊張地討論著主席的後事。

主席的眼皮薄而皺，蒙著兩顆突兀的眼球，彷彿一對等待著揭幕的雕塑。臉皮下垂，厚厚的、沉沉的，像打濕了的棉被。石蠟般的耳輪，淡黃間隱隱地透出青藍的脈絡。鼻孔乾枯，鼻毛雜亂，像被田鼠廢棄了的洞穴。上唇乾癟，被一顆殘剩的門牙挑起；下唇疲軟，耷拉在光禿的牙床上。

忽然主席一陣咳嗽，臉頰下似乎有什麼東西在蠕動。

李醫生彎下身子，湊近主席的口鼻。雖說是習慣了，但還是不自覺地屏住呼吸。仔細地觀察了一番，他終於明白了原因。

「咳嗽的氣流沖掉了最後的一顆牙齒，」李醫生對張玉鳳說：「給我一副乳膠手套。」

毛澤東終生不刷牙，一口黑齒，滿嘴腐臭。

李醫生苦口婆心地勸說，但毛主席自有他的邏輯：

「李大夫啊，老虎厲害不厲害啊？」

「紙老虎？美帝國主義——」

「我是說真老虎。」

「真老虎？厲害，厲害！」

「那老虎刷不刷牙啊？」

「呃，老虎——」

「還有，牙刷有多少年的歷史啊？」

「這，主席，我得查考一下。」
「不用查考，總不會比人類的進化史長吧？」
「那不會，那不會！」
「你看，人類數萬年來從不刷牙，要是牙齒都爛了，一代接一代的爛牙，遺傳下來，哦，這種遺傳有一個專門的名稱，我一時想不起來，叫——」
「叫獲得性遺傳，主席。」
「對，獲得性遺傳，你想想，一代接一代的獲得性遺傳，積累下來，那人類還會有牙齒嗎？但事實證明，我們的娃娃一個個都能長出一口的好牙！」
「一點不錯，一點不錯，我那孩子的幾粒乳牙，咬起人來可疼了！」
「你想想，早晚抓著把刷子，上海人刷馬桶一個樣，往嘴裡亂攪亂捅，那牙齒和牙床還會不受損傷？」
「刷牙不當，是會造成牙齒和牙床的損傷。」
「如果說，牙齒裡有食物殘渣，所以需要刷牙，那麼腸胃裡更有食物殘渣，是不是也要塞進把竹掃帚，上上下下刷洗一番？」
「哦，那怕有些困難，有些困難！」

「我的牙齒雖然不夠完美，但這是年齡增長的必然結果，不以人的意志而改變的客觀規律。要是我也隨大流，趕時髦，每天刷牙的話，我的牙齒也許早就掃蕩得光光的囉！」

「主席確實還有數量可觀的牙齒。」

「由此可見，刷牙是崇洋媚外，是多此一舉，是弄巧反拙，是浪費時間，是勞民傷財。一日之計在於晨，你想想，要是全國人民每天早晨都將那刷牙的時間節省下來，花在工作和學習上，那可以創造出多麼巨大的物質和精神財富啊！李大夫，你是個醫生，你要把這個道理好好地向廣大人民群眾宣傳！」

「是，是，要好好地宣傳，好好地宣傳！」李醫生從此再也不提刷牙。

毛主席不拘言笑，難得露齒，但一旦啟口一笑，又是一個極好的「撲式」，鎂光燈一閃，但這百分之一秒的曝光卻要整整幾天的暗室作業來伺候。

那時還遠沒有「佛肚笑破」之類的圖像處理軟體，修像如腦外科神經手術，全靠極細的刀尖，一顆銀鹽一顆銀鹽，挑剔剝離。這種修版手藝源遠流長，王府井的那家金字招牌的「紫禁城寫真館」是在明治年間由日本人創辦的，慈禧太后的御用攝影師是從法國海歸的，英俊瀟灑的裕勳齡，他用一架林哈夫照相機拍攝的 8"×10"

玻璃底片便是交給那家照相館悉心修版，並放大成一幅幅 60cm×75cm 的肖像，細毫著色，精工裝裱。嚯，老佛爺那張被鴉片煙熏乾了的皺臉，居然顯影成了一連串青春永駐、白白嫩嫩的剝殼鵝蛋。

民國十七年，國民黨第十二軍軍長孫殿英下令炸開了慈禧太后的陵墓，金銀珍寶洗劫一空，老佛爺暴屍荒野。那個深得太后寵愛的英國人埃蒙德・巴恪思爵士思舊情難忘，帶了幾幀太后敕賜的倩影前去驗明正身。後來他在回憶錄《太后和我》中哀嘆：「葉赫那拉嬌嫩的粉臉早成了一頁無情的底片。」

哦，想入非非了。回到毛澤東的牙齒來，底片似的牙齒。

沿用這個傳統，攝影師只管攝影，印相處理完全可以交付給專業單位去做，而北京就有好幾家設備完善的擴印中心。但毛澤東主席似乎比慈禧太后更關注自己的形象，他那幾顆斷橋殘樁似的門牙，如同大三線山洞裡隱藏的導彈，絕密。於是中南海的御用攝影師呂厚民同志只得親自動手，埋頭在暗室裡的放大鏡下，日以繼夜，使出百般解數，將那飯店門口蹲著的小癟三似的幾顆門牙修飾得神采奕奕，個個如同身著白綢西裝的吳庭艷。

江青有次對李醫生說：「你要是有這個本事就好囉！」

李志綏博士深感慚愧。

行文至此，筆者不禁痛心疾首，感慨萬分。

哎呀呀，我說你這個紅唇白牙的藍蘋女士啊，想當年你捨棄那香湯沐浴，花露噴灑的影星生涯，士林蘭旗袍裹著一身冰肌雪膚，一頭栽進那密不透風的延安窯洞，滿頭滿腦，沒日沒夜，承受著那湖南佬一口爛牙間噴射出的漚氣，那可真是為共產主義獻身哪！

難怪中華人民共和國第一夫人神經衰弱，脾氣焦躁。咱不是醫學博士，但生理常識還是有一點的。神經系統好比那在無塵無菌的條件下裝配起來的集成電路，容不得半點汙染。但你倒好，每夜像東莞小吃鋪排煙口邊的電腦維修行，大熱天加班加點，把個筆記型電腦的罩殼兒剝得光光的，任憑那油膩膩的蒸汽肆意掃蕩，弄得那些微晶片廖媽霉豆腐似的綠綠的一片，劈劈啪啪，短路跳火！你看，主席夫人一大清早臉色發青，踉踉蹌蹌從臥室裡掙扎出來，誰知道又給下載了多少隱蔽性、感染性、潛伏性、表現性、破壞性的病毒？

遭罪的還遠遠不止毛夫人一個呢。

那些一任又一任的，在中南海內伺候老人家的女服務員們，每夜屏住呼吸，任那個身裹睡衣的（帶七十二片補丁，可見尺碼之大）、海象般的龐然大物湊在身邊，拖著一口濃重的湘潭土音，抑揚頓挫地吟誦一通「窈窕淑女，君子好逑」或「恨不生同時，日日與君好」什麼的，製造一點古色古香的浪漫氣息。幫幫忙，這「佛餓潑淚，foreplay」不玩也罷，一首情詩尚未念完，那菊香書院早成了鮑魚之肆。遭罪的還遠遠不止這一幫子紫禁城內的婆娘呢。

你見過牙科診所掛的那些解剖圖嗎？那些牙神經和三叉神經就像草根交錯，難捨難分，看得你眼花撩亂。牙神經顧名思義好理解，但三叉神經就得由李志綏博士來指點迷津了。三叉神經非同小可，它們不僅管轄著你的音容笑貌，而且更直通大腦，網站寬頻似的，每時每刻地向神經中樞傳遞著萬般信息。你想想，老毛那一攤牙神經，像一群糜爛腐敗的地方幹部，整日價與那樞密院三叉神經暗中勾結，頻送賄賂，能不毒害他那膨大的灰白質體的天才思維嗎？而這個思維便是那決定著億萬中國老百姓命運的毛澤東思想！

相比之下，你瞧人家蔣委員長中正先生，為了皈依基督，追求美齡，毅然決然，抽出黃埔軍校的短劍，剖腹自殺似的，「啪啪啪」地將滿嘴的殘牙一古腦兒地撬了，從此一口乾乾淨淨的寧波氣流如入無人之境，再也不愁撞上斷椿殘牆什麼的，不僅《聖經》念得回音四起，而且整日價「打鈴」得圓溜溜、甜蜜蜜的，還略帶點安南語似的甕聲甕氣，數十年來蔣夫人聽得安逸，心情舒暢。

總統夫人晚年客居美國紐約州的蝗蟲谷（Locust Valley），亡夫在天之靈柔若無骨的呼喚依然不絕於耳，蓋過了窗外飛蟲翅膀的轟鳴。在她那漫長的一百零三年的生命旅程的最後一天，在一片啃光了葉子的枯木間，宋美齡盤腿而坐，將一件件珍愛的旗袍從容剪碎，隨手撒去，餵那些飢餓的螞蚱。

終生伺候蔣夫人和那些旗袍的管家蔡阿婆跪在一旁，拍打著滿頭滿面的飛蟲，含淚將旗袍一一遞給夫人，輕聲提示：

「夫人，螞蚱是害蟲。」

「害蟲？害蟲只有一種。」

「哪種？」

「人。」

蚱螞熙熙攘攘，撲飛跳躍……

老夫人心靜如水，悠然逝去。

蔣總統卻終生難以如此超脫。作為一個秋風掃落葉似地被趕出了大陸的獨裁者，每每會突然迸發出些復仇狂想。有次在鳳山陸軍學校對全體士官生們發表演說，總統熱血沸騰，振臂呼喊：

「讓我們秋風掃落葉般地反攻大陸！」

你仔細體會一下這「陸」的發音，舌尖沿著上顎使勁往牙根那麼一捲，隨即一股急促的氣流噴出，完成這猛力的一掃，但共匪未掃掉一個，一副假牙脫口而出！

幸好寸步不離的經國兒眼尖手快，隨手撿起，裝作替父親抹汗，手巾遮住嘴，不露聲色地將假牙塞了回去。但那豪言壯語的餘音依然嵌在牙縫間，整日騷動不安。好在入夜來，他那副咬牙切齒的白瓷加銀托的假牙便整個兒脫下，浸泡在雙氧液內，絲絲地一陣細泡，那千般決心，萬般意念尚未交尾便被盡數殺滅。

於是那彈丸之島的兩千萬老百姓居然過了半個世紀的太平日子，沒有太多的榮耀和驕傲，但也免去了類似人民公社畝產萬斤糧，三千萬人活活餓死的那般豪邁和壯烈——台灣島上的居民全部餓死，還要從香港、新加坡、馬來西亞等地急調一千萬壯丁來湊數。

民國六十四年，也就是西元一九七五年，蔣總統最後一次脫下他那副假牙，和反攻大陸的夢想，輕身而去。僅僅一年半後，毛主席終於也脫落了最後一顆牙齒，和解放台灣的夙願，哦，還有那一整套口腔衛生辯證唯物主義學說，撒手人寰。

兩副牙口，歷史蓋棺論定。

千秋功過，誰人曾與說評？

卻說李志綏醫生戴上乳膠手套，將食指和中指伸入主席的口中，左右上下摸索，小心翼翼地取出那顆脫落的爛牙，放入一個不鏽鋼的盆子裡。主席的牙齒是不能擅自處理掉的，必須密封在試管裡，貼上標籤，注明姓名、日期、地點、手術醫生簽名，然後浸入液氮深凍，永久保存。

前蘇聯生物學家成功地從冰凍的猛獁牙齒內取出了完整的ＤＮＡ，據說有可能以克隆（clone音譯，複製）技術使早已絕滅的古象起死復生。有朝一日，中國醫生們也必將從毛澤東的牙髓中小心翼翼地挑出來一條蚯蚓似的遺傳密碼，全神貫注，準備克隆出下一個世界革命領袖。

且慢，科學家們，請聽我嘮叨幾句。

那位會說一口流利的杭州話的美國前駐華大使司徒雷登先生，稱自己是「半個中國人，半個美國人」。司徒雷登與毛澤東交往甚深，他稱這位中國共產黨的領袖是

「半個詩人，半是流氓」。鑑於對歷史的反思，對未來的展望，我想在進行克隆之前，能不能勞駕你們作一點編輯工作，取其精華，去其糟粕，剪掉那一半流氓的基因？

剪掉那一半流氓的基因？你想要達到什麼目的？科學家們問。

呃，我理論不太好，舉個例子吧，毛澤東在一次政治局會議上的內部談話，他說：

「無論在軍事上還是在政治上，我均用同一個祕訣來克敵制勝——不按常規出棋。

棋局擺開，雙方正襟危坐。

『請！』

『請！』

對方是個國手，胸有成竹，挺兵開局。

我卻出炮——我掏出一支盒子炮來，一槍把對手的腦殼子蹦了！

試看天下誰能敵？」

百文不如一箭，毛澤東當頭一炮，血肉橫飛，振聾發聵，對眾位科學家的刺激極深，於是他們的眼睛在大口罩上方默默地互望了一下，統一了思想，決定破格採納我的建議，科學救國，在克隆前先剪掉毛澤東的那一半流氓基因，以複製出一個不老是掏盒子炮的世界領袖，將來出席聯合國安理會時不至於秩序大亂。踩死一地世界菁英。

想法不錯，但實際操作起來談何容易？基因那玩意兒小，纏得又緊，經驗又不足，nano刀尖在顯微鏡下一個抖顫，把詩人的那一半剪掉了！

剛克隆出來的娃娃，紅鮮鮮，胖嘟嘟，哭起來小腿一伸一伸的，肚臍眼一漲一漲的，看上去都差不多，誰也沒有發覺手術的陰錯陽差。

本想由國家一手撫養教育，但考慮到兒童生活在一個正常的家庭環境裡，也許對德智體的全面發展更有好處，於是就百裡挑一，選了對模範小夫妻，作為娃娃的養父和養母。但約法三章，有言在先，這娃娃是國家的特級珍寶，比熊貓不知道要稀罕多少倍，是民族的未來，是世界的希望！你們雖然是娃娃的父母，但國家依然有權決定娃娃的撫育和教育方式。更有甚者，如果國家對你們的撫育情況不滿意，隨時隨地有權將娃娃抱回去。小夫妻倆如獲至寶，哪還有心思去細聽那些條條框框？於是一個勁地點頭，一個勁地簽字，然後歡天喜地抱上車，車前由警察摩托隊開道。新媽媽一路上咿咿呀呀，吻個不停，遐想聯翩，滿懷希望培養出一顆新的紅太陽。

長到能在地上爬了，國務院便開了個中外記者招待會，借用喇嘛鑑定轉世投胎的神童的方法，將《史記》、《楚辭》、《唐詩》、《宋詞》、《莊子》、《老子》之類的線裝書，當然，還有《毛澤東選集》、《毛主席語錄》等等，一摞子堆放在他的面前，照相機、攝影機嚴陣以待，希望拍攝下娃娃饒有興趣地翻動書頁的天真模樣，給全球日益衰落的共產主義革命運動一線新的希望。卻不料娃娃將書一本本塞進小嘴，尖著乳牙，咬得黏黏糊糊，然後一屁股坐在上面，溜溜的一泡熱尿！

這娃娃不喜歡翻書，卻喜歡玩石頭。

將一捧圓溜溜的鵝卵石倒在他的面前，小寶寶一邊爬，一邊摸，玩得高興。

小寶寶更喜歡玩撲克牌。將一副撲克牌散在他的腳邊，他會趴倒在地，一張接一張，抓起來看，歪著顆大腦袋，一本正經，煞有介事。

美聯社的一個記者拍了張極為傳神的超近特寫：睫毛高挑，閃亮的瞳孔上清晰地反射出一個握劍的老K。

這個鏡頭被放大成了一幅巨大的燈箱廣告，懸掛在拉斯維加斯的金字塔賭場華麗輝煌的大門口，廣告語為：「You Are the King!」

稍稍再長大了一點，學會說話了，問他：「乖乖，叫什麼名字啊？」

「小平！」

話說李醫生取掉了主席嘴裡的那顆脫落的爛牙，老人家的呼吸平穩多了。

主席的嘴唇微微地蠕動，向內吮吸，形成了一個漩渦似的黑洞。

「主席想要抽煙。」張玉鳳說。

「可以。」李醫生說。

張玉鳳從床頭櫃裡取出一包鮮紅的捲煙，抽出一支細長的雪茄，撕開鋁箔，含在唇間，劃著火柴，絲絲地吸了幾口，煙頭紅紅地亮了幾下，張玉鳳捂著嘴咳嗽了幾聲，彎腰想將點燃的雪茄煙插入主席的唇間，卻被李醫生擋住了。

「不要將主席嗆著了，我看還是讓主席自便吧。」李醫生將主席的左手移至床沿，張玉鳳小心翼翼，將煙插入主席的中指和食指之間。

毛澤東可以睡硬板床，毛澤東可以蓋舊棉毯，但毛澤東抽的煙卻極為特殊。

毛澤東只抽一種雪茄煙，這種雪茄煙是由一個祕密小組特製的。這個小組由四名從四川什邡煙廠選拔出來的工人組成。為了對這四名工人實施軍事管制，以保證毛主席絕對安全地吞雲吐霧，大管家汪東興破格將他們徵召入伍，由負責警衛中南海的八三四一部隊授予少校軍銜。四位老鄉受寵若驚，彈冠相慶。

製煙車間設在南長街八十號，一座獨門獨戶的四合院，夾在御花園和紫禁城之間，與中南海的西苑門遙遙相對，行人稀少，戒備森嚴。那四位捲煙少校便在那與外界完全隔絕的車間裡，以二戰期間德國研製V-1火箭般的執著和神祕，日復一日地為毛澤東一個人製作一種精緻細長的雪茄煙，代號132。

132雪茄煙的特殊首先是因為它的煙葉特殊。

在天府之國四川新都縣境內有條獨橋河，河水蜿蜒清澈，河兩岸有二百來畝地，土質鬆軟肥沃，數百年來一直是種植朝廷貢煙的寶地。那種貢煙全無大田煙葉的高粗張揚，而是瘦小低矮，煙葉細長，柳葉一般，故稱為「柳煙」。栽培柳煙用的肥料是漚熟的豬糞雞屎、麻醬豆渣，施肥前還要淋上一勺小磨麻油，如同端上酒席的肉湯。為了保證煙汁濃郁，澆水必須細而稀，切忌大水潑灑，引起葉莖瘋長，成了棵大白菜，淡而無味。

現在的人會生好多過去聞所未聞的疾病，現在的煙葉也很容易感染許多莫名其妙的真菌，那些真菌寄生在葉面上，吸取水分和養料，導致煙葉焦黃捲曲，甚至整棵煙草枯萎。大田作業常採用代森錳和鏈黴素來防治。但１３２的煙葉是絕對不容許採用任何殺蟲劑的。

北京農學院的蹲點研究員們發現，煙葉的真菌感染來自灌溉：河水、井水，甚至自來水中都不同程度地含有真菌的孢子。於是他們從北京空運來一個不鏽鋼的大桶，將灌溉用水煮沸消毒。澆水必須在上午十時前完成，經過一天的光照，葉面上的水珠蒸發，更減少了感染的可能。

研究員更將真菌的防範延伸到煙草的育苗，從小抓起，防患於未然。他們不用真菌繁多的泥土來育苗，而是採用一種叫「懸浮育苗」的方法，將種子灑在一塊多孔的泡沫塑料上，浮在水面，控制溫度，濕度和光照，待其健康發芽。當然，這育苗的水也是煮沸過的。

省委又撥專款，在試驗基地建造了一個特大的玻璃暖房，將１３２的煙葉的整個栽培過程和大田生產隔離開來，杜絕交叉感染。

陽曆十月初，秋高氣爽，正是採摘柳煙的繁忙時節。是採摘，而不是收割。煙農俯首細看，手摸鼻聞，百般挑剔，每棵煙葉上有三四十片葉子，能挑上兩三葉就十分高興了。

從地裡摘下的煙葉必須晾在涼棚下，陰乾整整三年，綠氣方能散盡，然後進入剔除葉莖的工藝。

剔除葉莖是製作１３２雪茄煙的一項前所未有的特殊工藝，以前幾百年的貢煙也沒有這道手續。這是因為１３２雪茄煙對煤焦油的含量有特別嚴格的限制。

現代的醫學分析表明，煤焦油是煙草內的一種有害物質，具有致癌作用，口腔內所有的器官，包括舌頭、牙床、臉頰、上下顎，甚至喉部都會受害。所以盡力減少１３２煙葉的煤焦油的含量是科研人員的當務之急。

五〇年代煙草的國家標準是每支捲煙的煤焦油含量不得超過15mg，而１３２雪茄煙的重量為普通捲煙的兩倍，但中南海特供部下達的指標是每支１３２雪茄煙煤焦油的含量不得超過0.5mg，也就是國家標準的六十分之一。

科研人員對煤焦油在煙葉上的分布作了詳盡的分析。分析結果表明，煤焦油主要集中在煙葉的木質結構中，筋絡是葉面上的主要木質結構。所以剔除煙葉的筋絡是減少煤焦油含量的一項重要的措施。

談何容易！

將一片煙葉對光細看，由葉根至葉尖，筋絡由粗至細，扇形擴散，毛細血管似的，交感神經似的，密密麻麻，縱橫交錯。但憑著對偉大領袖的無限熱愛，工人們將一片片煙葉攤在一面乳白色的塑膠板上，塑膠板下是一個燈泡，工人們就像放射科大夫判讀X光片一樣，埋頭細細地觀察，然後又像腦外科大夫一樣，用鋒利的手術刀，一條接一條，一絲接一絲，將筋絡剔除。一個熟練女工一整天才能完成一片煙葉的手術。

筋絡並不丟棄。作為女工們的一項額外的待遇，她們可以將一天剔除下來的筋絡包起，帶回家去。用草紙捲成紙煙，或直接填入煙斗，很辣，很凶，很嗆，老鄉們晚飯後蹲在門口，吞雲吐霧，拉呱吐痰，美滋滋地滿足一番煙癮，同時也感到了一種美滋滋的特殊化和優越感。

將剔除了筋絡的煙葉裝入布袋，五斤一包。這五斤的重量是經過反覆試驗而制定的。太重，熱氣散發困難，會造成煙葉在空運過程中發酵，而發酵是要在１３２製作所的嚴格控制下進行的。太輕，則會造成煙葉水分的過分揮發，色香味都會受到不良的影響。每年煙葉收割季節，即十月初至十一月初，每星期向北京發貨一次，共四次。每次十包，即五十斤，共兩百斤。

１３２小組收到煙葉後，即刻進行長達十個星期的發酵。１３２煙葉發酵的溫度、濕度、時間都有嚴格的規定，發酵過程中還必須噴灑兩次香料：波斯的安息茴香、緬甸的黑紫桂皮、越南的百結甘草、西藏的雪山麝香等等，配方嚴加保密。

１３２雪茄煙的捲製全憑手工，煙絲的重量固然可以精密稱量，但捲製時手指用力的細微差別對煙絲鬆緊，也就是燃燒的速度和連續性更有決定性的作用。太緊了容易中途熄滅，太鬆了會冒出火焰。１３２雪茄煙自燃的煙灰必須潔白完整，一燃到底，不會斷裂。

１３２雪茄煙的煙柱也與眾不同。點燃一支１３２雪茄煙，靜觀煙柱的上升，那煙柱先是平滑地上升，並沒有什麼特殊，但升至兩尺來高，便開始迴旋，麻花似的，邊轉邊升，潔白圓潤，毫不散亂。

１３２雪茄煙的包裝盒原來是個白殼，沒有任何標誌和文字。但有一年的七月一日，黨的生日，製作小組給毛主席獻上了個小小的禮物：一盒鮮紅的１３２雪茄煙。展開那煙盒，便是一面完整的黨旗，左角上交叉著鮮黃的鐮刀和鐵錘。

毛主席受到禮物非常高興，愛不釋手，連聲叫好。當晚便將四位製煙師傅請到菊香書院來，共進晚餐，還特地關照康師傅做了幾碗四川家常菜：麻婆豆腐、宮保雞丁、夫妻肺片、回鍋爛肉。四川口味和湖南口味十分相近，辣、麻、酥、濃，色香味無不淋漓盡致。

四個少校穿著全套軍裝，被引入菊香書院，如同與金正日合影的朝鮮人民軍將領，正襟危坐，連大蓋帽也不敢脫下，但毛主席讓他們猜一個謎語：

「雪茄主席和雪茄少校同坐一桌，打兩句成語。」

四人面面相覷，滿臉茫然。

「臭味相投，烏煙瘴氣！」主席哈哈大笑。

四人嚇了一跳，隨即也傻呼呼地笑了。

熱氣騰騰的飯菜端上桌來，兩盅五糧液下肚，四位老鄉便賓至如歸，鄉風盡露了。毛主席自己也吃得滿頭大汗，滿面通紅，於是那煙盒也從此一紅到底。

酒足飯飽，眾少校告別主席，回到那牢房般的車間，興高采烈，得意洋洋，與世隔絕的寂寞，日復一日的枯燥，早被一股強烈的優越感蕩滌得無蹤無影！

主席的左手擱在床沿，煙柱從手指間徐徐上升，連綿不斷，先是平行的一束，并井有條，垂直伸展，然後緩緩迴旋，一絲絲煙霧交織纏繞，款款地向天花板升騰而去。

菊香書院的書房、臥室、餐廳、會客廳的天花板一律為粗胚杉木板，鋸痕整齊，木節隨意，毋需推刨打磨，不加任何塗料。這種粗糙的木紋呈現出一種樸素的農家美，更有效地阻止了上升的蒸汽在天花板上形成水珠，冷冷地滴下。

煙柱終於升至天花板，白霧在木紋的阻力下堆積增厚，然後沿著鋸痕漸漸擴散，鋪展開來。先頭的一層薄霧與木紋摩擦，進程緩慢，行蹤猶豫。但後來的煙霧便流暢自如，輕舒漫卷，漸漸地在天花板上形成了一片白白的雲層。

李醫生和張玉鳳站在門邊，凝神屏息地盯著天花板上的煙霧。如同遙望高天積雲的膨脹，從容不迫，莊重緩慢，卻醞釀著狂風暴雨，雷電霹靂。

斗轉星移，時光流逝，那煙柱越來越細，越來越慢，似斷又繼，藕斷絲連，最後一縷細煙終於和煙灰斷離，舉手長老老，依依惜別，緩緩地向上浮去，扭動著纖腰，鑽入那一片厚厚的雲被，梗起了一道細微的褶皺，卻再也無力激起波紋。

煙雲的漣漪平息了。

主席寬闊的額頭的上方，主席安詳的眼簾的上方，整片雲霧緩慢地舒張，緩慢地收縮，呼應著偉人的呼吸……

井岡山黃洋界的雲霧也曾是這樣緩慢地舒張，緩慢地收縮，呼應著偉人的呼吸：山下旌旗在望，山頭鼓角相聞……

固原縣六盤山的雲霧也曾是這樣緩慢地舒張，緩慢地收縮，呼應著偉人的呼吸：天高雲淡，望斷南飛雁……

廬山擲筆峰下的雲霧也曾是這樣緩慢地舒張，緩慢地收縮，呼應著偉人的呼吸：暮色蒼茫看勁松，亂雲飛渡仍從容……

終於，煙雲的脈動平息了。

幾乎是同時，綠色的血壓顯示幕上的波動也平息了，凝成了一條肅穆的海平線。

李醫生看了一下手錶。

北京時間，西元一九七六年九月九日零點十分，中華人民共和國，中國共產黨的偉大領袖毛澤東同志逝世。

天花板上，一片厚厚的煙雲，白白的，默默的，紋絲不動，如一方純潔柔滑的羊脂玉……

毛澤東的心臟停止了跳動，但他身後的中國，卻像吞了一瓶搖頭丸似的，暈頭轉向，天翻地覆。

毛澤東夫人，至少是名譽夫人，鋃鐺下獄，懸梁自盡。紅朝二代，高幹子弟，紛紛從插隊落戶的茅棚裡衝出，扔掉那在油燈下讀得稀爛的《共產黨宣言》，響應鄧小平的號召，讓一部分人先富起來，如狼似虎，吞噬公有財產，搖身一變，由紅色接班人幻變成了一群官僚資本壟斷巨頭。

「北方煙草公司」便是其中的小菜一碟。

毛澤東逝世後，132小組便宣告解體，眾少校解甲歸田。那132車間關門數年後，實力雄厚的「北方煙草公司」斥巨資買下了南長路八十號和車間內所有的製煙設備，並將四合院周邊的房屋一概鏟除。

「北方煙草公司」以高薪請回了原132製作組的四位師傅，少校軍銜不再，但高級技師的頭銜更為時髦。車間內所有設備修繕一新，更將烘乾機、切絲機上的螺絲、把柄、扳手之類的零件一一拆下，送至電鍍廠鍍上克羅米（Chromium，鉻）。

鑑於日下中國造假成風，消費者對品牌產品暗箱作業的深重懷疑心理，「北方煙草公司」將車間的牆壁、屋頂、門窗剝得一乾二淨，一個半圓形的巨型鋼化玻璃罩將車間團團蓋住，一條圓形的觀光通道又將那鋼化玻璃罩圍在中央。

罩殼頂上安置了一套舞台集光燈，電門一推上，整個車間銀光閃閃，一塵不染。四名高級技師穿著一身潔白的長袍，有條不紊，默默無語地各自操作，彷彿美國電影《星際大戰》中一艘飛船的指揮廳。

熙熙攘攘的觀眾們透過玻璃觀看，空中小姐般的導遊柔聲講解，遊客們頻頻頷首，走完一圈，觀眾們對那帶有傳奇色彩的１３２雪茄的製作內幕獲得了個透明的了解，倍增幾番驚嘆。

門票的收入固然可觀，但重頭戲還是在隨後的紀念品的推銷。

參觀後的遊客被引入一棟飛簷翹首、金碧輝煌的仿古建築，門楣上赫然一幅金字招牌「毛澤東雪茄煙紀念館」。

說起金字招牌，不得不提一下陝西省的旅遊景點「華清池」的那個公共廁所。為了進一步改善黨和人民群眾的關係，省委撥款二百萬圓，精心建造了這個免費服務的城市設施。五星級標準，一幅巨大的金字招牌聳立在琉璃瓦飛簷的上方，上書「御淨軒」三字。

但令各級領導萬分失望的是，良好的願望沒能落實到底，不知什麼原因，門可羅雀，開張五年來只有兩名遊客光顧：郭沫若和季羡林。二位使用後，對該設施的一塵不染讚不絕口，「御淨軒」軒長兼省委副書記乘機請教：如何才能提高使用率？郭老認為，既然是為一個最原始的生理需求而服務，為何不將招牌改寫為甲骨文？季老則認為唐代佛教繁榮，還是改用梵文較妥。

「毛澤東雪茄煙紀念館」似乎沒有遇到那個問題。但這匾金字招牌絕非下里巴人——江主席的墨跡不是鎦金，不是鍍金，而是用二十四K赤金失蠟精密澆鑄，八個顏楷大字，一筆一畫，從頭至尾，由表至芯，絕無絲毫偷工減料。

掛牌時卻發生了一起不幸的事故。

一位工人掉以輕心，採用了幾根一般強度的掛鉤，那被輕視了的金字招牌一舉壓斷了掛鉤，轟然砸下，將那個工人一根腿骨壓斷。救護人員將他抬上擔架，那農工掙扎著要坐起身來，嘶聲喊道：「我沒買醫療保險！」

按下不表。

且說遊客們在金字招牌下昂首驚嘆，卻不知已經暗暗地中了一個消費心理學的奸計：如此高貴的招牌之下，怎能期望價廉物美的大眾消費？

館內的陳列更在高貴上下工夫。

「北方煙草公司」從中南海後勤供應部發掘出一包原封未動的132雪茄煙，如獲至寶，至於交換的條件，無人知曉。一封蓋有國務院辦公廳紅印的證明信，上書：「這是僅存的一包特供給毛澤東主席的132雪茄煙」。

「北方煙草公司」委託北京的「六〇五石英玻璃製品廠」（以下簡稱「六〇五廠」）為這包舉世僅存的132雪茄煙特製一個密封的石英玻璃盒。「六〇五廠」就是當年為毛澤東主席製作那具水晶棺材的軍工單位。「北方煙草公司」要求該廠用和水晶棺材同樣的材料來製作這個玻璃盒。也就是說，必須採用江蘇東海縣那種二氧化矽含量高達百分之九十九的天然水晶作為原料。

「北方煙草公司」的洽談代表更提出了一個極為苛刻的要求：因為這包毛澤東的特供煙和毛澤東的遺體一樣，都是絕無僅有的珍品，所以，它的保存方式也必須一樣，即抽成真空後，充入氦氣，密封的精度也要和毛主席的水晶棺材一樣，每立方米的容積內，一百年內的滲漏量不高於七個氦氣分子。

「六〇五廠」的工程師們搖頭苦笑，暗想，這傢伙，拿著雞毛當令箭，一包雪茄煙，小題大做！開個價格嚇唬嚇唬他。但適得其反，這傢伙財大氣粗，口不言錢，根本不在乎成本。他居然主動提出，計算成本和價格時，務請寬打寬算，留有餘量，千萬不要太摳，以免影響產品的質量。

「六〇五廠」滿以為這小子如此大方，一定是別有用心，最終必然會有一個提取回扣的百分比。但沒有，壓根兒沒有。那洽談代表廉潔得出奇，連請他上琉璃廠去吃頓烤鴨都婉言謝絕。他只提出了一個要求：在交貨付款後，出具一份可供展覽的技術鑑定書和一張可供展覽的發票副本，並請「六〇五廠」的董事長和總經理在兩份文件上分別親筆簽名。

這水晶玻璃盒晶瑩剔透，鑽石般地閃爍著一種細微、短促、捉摸不定的光芒。鮮紅的132半依在一方象牙透雕托架上，雍容華貴，肅穆莊重。由於水晶玻璃特有的偏光現象，當觀眾的目光正視那盒捲煙時，玻璃極為透明，展品紋絲畢露；但目光稍微一偏，頓時一片漆黑，激起一聲壓抑的驚呼。

驚呼之餘，觀眾低頭細讀那「六〇五廠」出具的技術鑑定書，未必完全能理解那些艱深的術語和精密的數據，但僅憑那開宗明義的一句概括：「該水晶保存盒的材料和精度與毛澤東主席的水晶棺完全一致，具體數據如下：……」觀眾已經深信不疑，肅然起敬。然後，那張發票上由「￥」率領著的一串長長的阿拉伯數字，更將觀眾們震撼得瞪目結舌。

像「維多利亞豪華內衣」大廳裡那隱隱約約的布拉姆斯圓舞曲，紀念館裡自始至終播放著當年毛澤東主席去世時席捲全國的那個哀樂。但絕非當年那樣，用高音喇叭的強大分貝去擠壓臣民的眼淚，而是微微的、細細的，和那從電熱香味器裡散發出來的１３２特有的芬芳混合在一起，在紀念館裡緩緩地飄拂洄流，勾起一抹淡淡的哀思，幽幽的懷念。

恰到好處！

哀兵必勝，情緒渲染到了這樣一個深度，表情肅穆的遊客們感覺到在這個紀念館裡，啟口一個「買」字，簡直就是褻瀆。就像在少林寺裡，你必須「恭請」一支香，然後「奉獻」人民幣，在佛光的籠罩下，買賣是不存在的，交易是不容許的。斤斤計較奉獻的數量，那就更是庸俗不堪！

櫃檯上方吊著一塊標誌牌：「請寶處」。

１３２是無價之寶，恕不標價。

你恭恭敬敬地走上前去，低聲地詢問：「請問，還有沒有１３２可供請寶？」

「對不起，今天的限額已經請完了。」

「哦喲！能不能請您再找找？也許——」

「好，讓我再看看，」服務員小姐拉開櫃檯，左右搜索了一番，鳳眼一亮，秀眉一跳，壓制著興奮，「想不到還有一包！」

精密仿製的１３２雪茄煙的包裝盒依然為鮮紅色，展開後依然是是一面完整的中國共產黨黨旗，只是紙張採用更為緻密厚重的銅版紙，並將那左上角的鐮刀鐵錘燙金，更增一抹莊嚴和華貴。

「太好啦！請問，那我應該奉獻——」

「一千四百四十七點三十一元。」

看官一定要問，一千四百四十七點三十一，這價格取得是不是有點繁瑣？四捨五入，能不能捨掉那三毛一分錢？如果考慮到不能給國家造成絲毫經濟損失的話，那就來個四入五入，加上它幾毛錢，簡化成一千四百四十八。還是有點囉嗦，再來個四入五入，湊成一個整數一千五百。

謬也！

「北方煙草公司」人才濟濟，清華大學畢業的ＭＢＡ就有一大把。這個看似繁瑣的價格數字，其實體現出了一個消費心理的重要原則：價格信任感。

如果那價格是一千五百，顧客一定會暗暗嘀咕：「哼，怎麼會不多不少，乾乾淨淨的兩個『0』？一定是獅子大開口，胡亂喊價，敲竹槓！這完全就是摩托搶匪，劈頭劈腦，一把將我的錢包扯斷！」

但這一千四百四十七點三十一產生的感覺就完全不一樣。

是的，確實有點繁瑣，但會計的工作就是繁瑣嘛。這個數字一定是經過她反反覆覆的計算，把材料費、電費、水費、汽油費、工資、運輸費、工商稅、環保費，等等等等等，當然，還要加進百分之零點零一的利潤，咱董事長、總經理什麼的也要養家餬口啊，您說是不是？一一加攏來，結果正是一千四百四十七點三十一。不放心，算盤劈劈啪啪又打了好幾遍，一點不錯，還是一千四百四十七點三十一。

一分錢也要斤斤計較？

沒辦法，蠅頭小利，捨去了就有破產的危險，請多多包涵。

那，找錢是不是有點雞零狗碎？

也未必。

但你不用擔心深圳超市的那套花招，不滿一毛的找頭一概變成了一顆黏糊糊的水果糖。

「毛澤東雪茄煙紀念館」的服務員修養高雅，只見她尖著蘭花指，接過你的十五張百元大票，微笑地說：「謝謝！我看看，您的找頭是五十二圓六毛九分。呀，我再給你貼上點，就夠給汶川地震的一個孤兒換身乾淨的衣服啦。您看，要不要我替您把這找頭——」

「捐了！」

「毛澤東雪茄煙紀念館」蒸蒸日上，賺了個盆滿缽滿，卻不料遭到了一家雜誌，《北京之蠢》的攻擊。

《北京之蠢》雜誌，原名《北京之春》，後被工商管理局勒令改名，理由是作為一個宗旨為暴露陰暗，抨擊政府的出版物，雖然暫時尚未取締，但取名為「春」，給人一種鳥語花香，清風拂面的錯覺，屬於不誠實廣告。編輯部反駁，認為春天固然嫵媚，卻更是個荷爾蒙沸騰的季節，角羊對撞，黑熊相撲，萬物競爭不休，這正是本雜誌為民族的繁榮而拚搏奮鬥的精神之象徵。雙方互不買帳，訴諸公堂，雜誌敗訴。走出法庭，編輯們悲憤滿腔，仰天長嘯：「蠢啊，蠢！」

含恨改名後不久，《北京之蠢》終於找到了一個機會，乘機發難，報一箭之仇。

它在該刊的網站上以顯目的位置發表了一條讀者來信：

工商管理局明文規定：所有的捲煙包裝盒上都必須印上「吸煙危害健康」的警告和一個骷髏標誌，132雪茄煙的包裝盒上為什麼沒有？

囉，這下可捅馬蜂窩了，立刻引起了「無右之鄉」會員們憤怒的圍攻。「無右之鄉」是一個在改革開放的潮流中依然堅信共產主義的社會團體。其會員主要是一批赤心紅膽的左派知識分子，篤信毛澤東是繼耶穌和釋迦牟尼後的曠世聖人，堅持中國共產黨的領導是中華民族的唯一活路。這些會員們雖為高級知識分子，但幹起革命來，全然是湖南農民運動的痞子，粗口謾罵，狗血噴頭。僅摘錄幾條稍稍乾淨點的跟帖：

「項莊舞劍，意在沛公！」

「漢奸！」

「強烈要求國保挖出這個賣國賊！」

「你要一個骷髏？行啊，將你的腦袋伸出來！」

「寧要尼古丁，不要反革命！」
「含淚勸煙民，肺癌不要緊！」
「只要黨旗舞，做鬼也幸福！」
《北京之蠢》編輯部奮起反擊，當即組織了一批中堅分子在工商管理局和「毛澤東雪茄煙紀念館」門前示威，示威者每人舉著一個大大的132煙盒：一面鮮紅的中國共產黨黨旗，黨旗上顯赫套印上一個齜牙咧嘴的骷髏，和一句他們認為更為恰當的警告語：人類公害。
「無右之鄉」的常任律師，即北京大學法學院的恭獻田教授，聞之勃然大怒：「無法無天！這幫傢伙要是在重慶，早被薄戲來同志一個個抓起來斃了！」
恭獻田教授剛為以毛岸英遺孀領銜的北京人民請願團起草了一份請願書，懇請司法機關以煽動顛覆國家政權罪起訴茅于軾、辛子陵二人，罪行是汙蔑、誹謗、詆毀中國共產黨的已故領袖毛澤東。恭獻田教授決定再次出擊，以同樣罪名請願起訴《北京之蠢》的法人代表，並自薦出任國家公訴員，立下血誓，不勝訴便辭職。
年近七十的恭獻田教授，精神矍鑠，是一名有五十年黨齡的中國共產黨黨員，山東省淄博市桓台縣人，三代貧農。一九四二年，美國《時代週刊》獲普立茲新聞獎的記者白修德（Theodore White）拍了一系列中國北方災民的照片，發表在《民國日報》上。其中有一個小男孩，赤身裸體，瘦骨嶙峋，肚子卻脹鼓鼓的，照片下的標題是：吃了觀音土的小男孩。那個小男孩便是恭獻田，那年他兩歲。

那張巴掌大的剪報一直立在恭獻田教授的辦公桌上。

半個世紀前，文化大革命初期，他便獨自徒步從北京出發，效仿當年的愛國青年，餐風飲露，奔赴革命聖地延安，中途參觀了人民公社的樣板大寨，還彎道山西省文水縣，參拜了劉胡蘭烈士的家鄉。回憶起這段往事，恭獻田教授深情地說：「我生不逢時，沒能跟隨毛主席長征，那也算是一種精神上的安慰吧。」

改革開放初期，中國打破閉關自守，決心學習外國經驗，那時他剛從北京大學政法系畢業，便被派往朝鮮人民共和國「金日成大學」進修公民法。同期，北大理工學院也有一批學生獲得了公費留學的機會，那是被派往蒙古人民共和國「烏蘭巴托大學」，學習航空母艦的建造技術。

恭獻田教授是中央立法委員會的特聘顧問，經常和政治局常委們，甚至黨政最高首腦們促膝商討立法大事。

恭獻田教授與改革開放後滋生出來的右派們不共戴天。每逢法學系博士後答辯會，教師們在講台上一排溜就座，恭獻田教授必坐在最左邊的那個椅子上，並將椅子的邊角使勁往牆上蹭，左臂的肘部磨出了血，只求與系裡的右翼分子們再增加一兩毫米的距離。恭獻田教授更在眼鏡的右邊夾上一葉黑色的塑膠片，像役馬的目障，隔絕來自右側的干擾。那股子妖氣，從眼角裡漏進來一絲也會令血壓飆升。

「無右之鄉」的徽章用了一個交通標誌：一個右拐的黑箭頭上打了個紅叉叉。那不僅是一個象徵，而且更是一個全體會員們嚴格遵守的駕駛規則：每臨十字路口需作右轉彎時，那黑暗悲慘的象徵意義立刻激發出一股不可抑制的愛國情緒和犧牲精神！

「不！」

手中的方向盤寧死也不右轉，而是警號長鳴，油門猛踩，國歌高唱，「冒著敵人的炮火」，拚死闖過那熾熱的紅燈，輪胎嗤嗤冒煙，車身傾斜得幾乎就要側翻，撞飛了幾輛走資本主義道路的非法摩的，在街心轆轆地完成一系列驚心動魄的左轉，四渡赤水（街心血流成河），終於將民族和國家引入了正確的方向！

恭獻田教授作風嚴峻，極為準時，每天早上07：00推開家門，讓朝陽照亮半邊白髮，熠熠閃爍，充電似的。教授出門後本可以來一個右轉，走出蔚秀園小區，跨過頤和園路的兩條單行道，便可堂堂皇皇地進入北京大學的西門。

但恭獻田教授一身傲骨，絕不向右轉。他跨出門檻，反其道而行之，白金漢宮衛隊似的，來一個刀切似的左轉，昂首挺胸，一腳踢斷欄杆，堂而皇之地踐踏那不准入內的綠化草坪，然後手托羅盤，踩著自己的身影，正步直線前進，徑直進軍西藏，翻越白雪皚皚的喜馬拉雅山，借道印度，彎腰鑽過硝煙瀰漫的阿富汗，口乾舌燥地穿越兩伊連綿不斷的沙丘。地中海的水鹹得無法喝，好不容易捱到了摩洛哥，才喝到了一碗新鮮的駱駝尿。

然後教授用皮帶紮緊衣褲，頂在頭上，游過大西洋，被鯊魚咬了幾口，抵達古巴。古巴看病不要錢，只是條件差了點，「哈瓦那第一人民醫院」跟當年大寨的一個生產隊的衛生站差不多。包紮了一番後，教授便前往總統府，向卡斯楚總統轉達了胡錦濤總書記的親切問候。

卡斯楚總統形容消瘦，神色疲憊，當年神采飛揚地指揮豬玀灣戰役，全殲美國雇傭軍時的威武早被半個世紀的海風吹乾，油棕樹葉蔭婆娑，斑斑駁駁地刻畫著一個佝僂憔悴的老人。

「毛澤東主席和我是多年的老朋友啦！」卡斯楚深情地說：「想當年美帝國主義

的ＣＩＡ千方百計地想暗殺我，甚至想在我的雪茄煙裡填進烈性炸藥，幸虧被我的特工破獲了。想到毛澤東主席也喜歡抽雪茄煙，我立刻將這個案件通告了你們的大使館。」

「啊，想不到『１３２雪茄煙』還有您的功勞！」恭獻田教授恍然大悟，接著便向卡斯楚總統遞交了密封在塑膠袋裡的胡錦濤總書記的親筆信：懇請古巴共產黨領導中國共產黨繼續革命。

卡斯楚總統讀信後，緩緩地說：「謝謝胡錦濤總書記的器重。半個多世紀來，古巴與世隔絕，像馬達加斯加島上的大象龜一樣，一絲不苟地馱著老牌共產主義的碑文，這點我深感自豪。但要領導貴國的共產黨，親愛的恭獻田同志，怎麼說呢，先說說我自己吧。」

卡斯楚總統吭吭地乾咳了一番，噓噓地喘氣。

教授趕緊掏出藥盒，剝了一顆薄荷喉糖，有點糊了，但糖受潮還能吃，遞給了總統，順便舔了一下黏黏的手指。

「嗯，清涼涼的，很舒服啊！」總統含著喉糖，口角流著黏汁，語音更是含混，「我是說，前年醫生在我的肚子上開刀後，要用舊尿布給我包紮——」

「舊尿布？」

「就是你手臂上包紮的那種舊尿布。你是外賓，特別優待。美帝國主義搞封鎖，紗布從甘迺迪那時起就斷檔了。」

「難怪有點……」

「黃黃的，氣味也不像消毒水，是不是？恭同志，不用擔心，不會造成感染的。腳上要是給什麼蟲子咬了，撒泡尿淋一下，消癢退腫。我見醫生取出一包舊尿布，心疼啊，說，能省就省點吧，於是醫生就用曬乾的海帶給我包紮。我也戴上老花眼鏡，順手幫個忙，鉗掉點海帶裡的螃蟹爪子。」

「沙……」

「那倒不用擔心，古巴沒工業，汙染少，一點兒沙子估計不會有什麼大問題。恭同志，我抖曬這些個寒酸，並不是在你面前哭窮，我只是有點擔心：貴國隨便哪個黨政幹部，掏出個錢包，就可以將整個兒哈瓦那，連同總統府，還有院牆外的那幾門高射炮，史達林格勒保衛戰用過的，說是有什麼骨董收藏價值，一古腦兒都買下了。想想看，你們有整整八千萬那樣的黨員，八千萬哪，往我這個彈丸孤島上一站，哦，千萬不能跳啊，海水立刻就漫上了我的脖子啦，想想看，我能領導得了嗎？」

教授二話沒說，縱身一躍，跨欄似的凌空穿過墨西哥，不知超過了音速的幾倍，教授的鼻子被壓得扁扁的，但他壓根兒聽不見尾氣後的一片驚呼「ＵＦＯ！」一剎那便渾身滾燙地在太平洋濺落，蒸汽瀰漫。由於入水的角度控制得幾乎和那囊括八枚金牌的費爾普斯一樣好，教授不用揮臂踢腿，而是海豹似的滑翔，任那清涼的海水滑過皮膚，漸漸將體溫和情緒冷卻下來。

教授思緒萬千。

說實在的，對胡錦濤總書記的那封邀請書，老教授是很有點保留意見的。中國共產黨是一個由毛澤東創建的黨，毛澤東何許人也？你這個卡斯楚能比得上嗎？毛澤東過世了，中國共產黨人一時群龍無首，面臨著一些迷茫和紛亂，但怎能小病亂投醫，上一個彈丸海島去求神拜佛，尋求精神寄託？胡書記，請稍安莫躁，只要中國共產黨重新認識毛澤東思想的價值，重新樹立毛澤東思想的旗幟，就一定能殺滅、清除體內的種種細菌病毒，清朗朗地健步邁向共產主義！

情緒一好，教授便翻轉身子，在滑翔中欣賞一番太平洋上空遼闊的藍天。經過一層海水的過濾，天色柔和，寶石一般深邃。

亮亮的一點，在天際緩緩地移動。失去了測距的參考，就像一舉手就可以把它拍打下來似的。是一顆衛星吧，教授幽幽地想，我這麼仰面躺著，在衛星的鏡頭下跟一條剛斷奶的鯊魚差不多，誰也不會注意。但一年四季這麼游來游去的，也無法排除暴露的可能，被一枚不知從哪兒飛來的導彈攔腰擊中，光榮犧牲，屍沉海底，埋下了一丘凝重肅穆的句號——至死沒向右派妥協。如果不幸被一艘潛艇發覺，幾個蛙人從黑黝黝的深水冒出，將我包圍活捉，那也是白費勁瞎折騰，我入黨時宣過誓：絕不叛黨！

千絲萬縷，遐想聯翩，不知不覺教授已經擦到了夏威夷的珊瑚礁。

本可登陸小歇片刻，在棕櫚樹的陰影下打個盹，但那潔白的沙灘上糜爛墮落的資產階級生活方式令他十分噁心，於是他咬著牙一口氣游到了台灣，和馬英九談了一會兒回歸社會主義祖國懷抱的事，香港行政長官曾蔭權派來的專機便將稍感疲勞的教授送到了首都機場，北大「無右之鄉」的專車早在機場等候。

北大東門外的四號線地鐵07：30班車準時進站，女播音員慢條斯理的溫馨柔和了那尖利的制動和那冷峭的晨風，恭獻田教授匯入熙熙攘攘的人流，由東門魚貫而入，走進了北大校園。

還有點時間，於是教授便信步走到校園裡的那塊《紅星照耀中國》的作者愛德格・斯諾樸素無華的墓碑前，靜思片刻，然後向李大釗的青銅像鞠躬致敬。在那紅色花崗岩的革命烈士紀念碑前待的時間比較長一些，因為教授照例要默默地背誦一遍五份不同時期的入黨誓言，從井岡山的「甘願拋頭顱，灑鮮血」一直到新時期的「絕不貪汙腐敗，捲款潛逃」。宣誓完畢，恭獻田教授信心倍增：「只要還有薄戲來那樣的黨員，中國共產黨就有希望！」

恭獻田教授對薄戲來的崇敬和期望是有根據的。薄戲來是個罕見的一紅到底的紅朝二代。當北京正在為煙盒那麼大的一面小紅旗吵得不可開交的時候，重慶在薄戲來的領導下卻是一片紅色的海洋，唱紅歌，演紅戲，講紅色傳統。《百人江姐大合唱》唱紅了重慶，唱紅了四川，唱紅了大西南。薄戲來雄心勃勃，要率領《百人江姐大合唱》進軍北京，唱紅首都，唱紅全中國！

江姐，江竹筠，四川自貢人，一九三九年加入中國共產黨，一九四七年任中共重慶市市委《挺進報》主編，次年被國民黨軍統特務偵破捕獲，囚禁於歌樂山渣滓洞集中營。江姐忠貞不屈，鬥志昂揚，經常在獄中組織難友們高唱革命歌曲。

一九四九年十一月十四日被處決，犧牲時才二十九歲。

六十年後，薄戲來被任命為中國共產黨重慶市市委書記。上任的第一天，他將市委的全體黨員召集到渣滓洞集中營遺址，對著一排排牢房，舉起右手，高聲背誦入黨宣誓：「為共產主義奮鬥終身！」

唱紅歌運動隨即展開，他委託四川音樂學院組織了一個《百人江姐大合唱》。

一百名從重慶市大專院校裡精心挑選出來的女學生，劉海披在額頭，短髮蓋住後頸。對襟紅旗袍，大紅毛線衣，寬袖露出半截小臂，一條白綢圍巾，一頭垂在胸前，一頭拋在肩後，黑布鞋，白布襪。站立的姿勢也是統一設計的：雙手輕握，微微側身，兩眼平視，亭亭玉立，英姿颯爽。

為了重現牢獄監禁的氣氛，薄戲來指示不要用樂隊伴奏，自始至終採用清唱的形式。曲目廣泛多樣，涵蓋了北伐戰爭、抗日戰爭、解放戰爭、土地革命、人民公社、大躍進、改革開放等各個時期的革命歌曲，如〈武昌起義軍歌〉、〈南泥灣〉、〈小二黑結婚〉、〈黃河頌〉、〈秋風起秋風涼〉、〈翻身農奴把歌唱〉、〈北京的金山上〉，文化大革命期間也選了一首〈大海航行靠舵手〉，等等等等，但每次演出總是以〈東方紅〉為壓軸戲。

四川音樂學院造詣深厚，重慶天府之都人才濟濟，經過精心的排練，合唱團不僅唱出了革命歌曲的英雄氣概，更表現出了極為豐富和細膩的聲樂效果，堪比俄羅斯小白樺合唱團和德國漢諾威女聲合唱團。

薄戲來對魚肉人民的黑勢力深惡痛絕，打黑運動如火如荼。但他又很懂得一張一弛，文武之道，往往在對犯罪分子的宣判大會後，隨即來一場《百人江姐大合唱》，薄戲來笑曰：「胡蘿蔔加大棒。」

二〇一〇年的初春，薄戲來邀請了中國作家協會的兩百多名作家來重慶訪問，也一併將敬慕已久的著名導演張意謀也請來了。薄書記知道張導演的工作轟轟烈烈，難得有個清靜，便將這位貴客單獨安排在重慶北郊的武隆縣仙女山上的「燕窩酒肆」下榻。

這飯店的名字取得好，那小巧玲瓏的吊腳樓貼在一個峭壁上，樓板以三十來根圓木斜斜地支撐在危岩上，客人走過一條顫顫悠悠的棧道，終於一把抓到了酒樓的門柱，雖然還是老鷹叼著個大螃蟹，懸空十隻腳，但腳下畢竟穩當多了，一種獲救的安全感油然而生。

粗獷的門柱上一副黑底白字對聯：

鬆口氣進酒樓歡歡喜喜
站穩腳看菜單指指點點
橫幅：大難不死

當晚薄書記拜訪貴客。

薄戲來和張意謀坐在一個探出樓面的跳板似的小平台上，一盞蠟燭燈籠低低的掛在餐桌的上方，兩位客人臉頰熱紅，背脊冷藍。暮色蒼茫，看不見谷底，卻依稀聽得見深處汩汩的流水。

小木桌上放了幾碟四川小吃：麻辣板鴨、滷肉鍋魁、砣砣鹹雞、黃松糍粑，賓主共飲一瓶瀘州老窖，邊吃邊聊，談得十分投機。

「那副對聯很有意思！」薄戲來說。

「我更喜歡你的那副對聯，」張意謀說，「我見過你的那張黑白照片，你坐在辦公桌後，好年輕！牆上掛著一副對聯：

為信仰寧灑一腔熱血
當書記樂享兩袖清風
橫幅：乾乾淨淨。」

「哦，那是八四年我出任遼寧省金縣縣委書記時候，我老爸給我寫的。啊，一晃就是二十多年了！」

「我從藝沒有你從政那麼悲壯，所以只獻出了半腔熱血。」

「半腔熱血？什麼意思？」

「我十八歲那年迷上了攝影，但家裡窮啊，哪有錢買得起一架照相機！於是我就偷偷地跑到西安市人民醫院去賣血，一個月內賣了五次。」

「啊喲，那行嗎？」

「現在肯定是不行了。那時候，營養不良，估計血液也稀，早餐工程的豆漿似的，看得見碗底的一隻死蒼蠅，抽完了血咕嘟咕嘟地灌幾瓢水，就又滿了。怕護士認出我來，不讓我賣得那麼勤，我還搞了點小小的化妝，譬如說，戴個不同的帽子啊，留點兒小鬍子啊，剃個光頭啊什麼的，最後一次把眉毛刮了。哈，平時一對眉毛老掛在那兒，不在意，這一卸掉，看上去確實很不一樣！」

「逃犯常常要這一手，有時刮掉了還要再黏上個別的款式。」

「黏上個別的款式，哈，好主意！以後再要賣血，一定要試一下。護士問，喲，後生家，你的眉毛呢？是不是有什麼皮膚病啊？我說不是，燒炭出窯，給火燎了。我還說，大姐，您府上要不要炭？我回頭給您背點兒來。窯邊順手撿的，不算錢。上好的松木炭啊，敲上去噹噹響，燒起來一股子松香味！」

「你還燒過炭？」

「哪兒啊，胡扯的。那炭燒得黑不溜秋的，還有什麼『一股子松香味』？」

「哈，張導演，你有表演天才！那個黑幫頭公安局局長文強也沒騙得過我，你卻將我哄得一溜一溜的，難怪一舉考進了北京電影學院！」

「談不上什麼表演天才，嘴甜點兒罷了，而且果然有好處，一般只能抽三百CC，那一次足足抽了五百CC，嚯，走在路上搖搖晃晃的。總算攢足了筆錢，買了一架二手貨『海鷗DF』。那傢伙，沉甸甸的，造得有點粗糙，後蓋打開來，毛刺刺的割手，好馬虎，也不用砂皮打磨一下！聲音也怕人，瞄準了，喊一聲：『不許動！』手指一扣，『啪』的一聲——」

「你這是拍照還是槍決？」

「拍照嚇個半死，槍決差顆子彈。但那鏡頭，嚯，沒說的，仿德國蔡司，雙高斯對稱結構，一絲不苟，澀！每張照片我都拿著個放大鏡，細細看那頭髮絲，一根一根的數，欣賞那解析度！」

「臉部表情怎麼樣？」

「臉部表情不怎麼好，男女老少，一個個都是目瞪口呆的樣子。」

「謝謝你的提醒，《重慶日報》的攝影記者不能用『海鷗』！」

「不用擔心，現在那玩藝兒，只有在拍賣骨董的時候，才偶爾看得見。但我到現在還珍藏著那台相機，不時拿出來摩弄一番。就像你爸的那副對聯一樣，沉甸甸的，讓人覺得踏實。」

瀘州老窖雖然不及貴州茅台那麼顯赫，但不少行家們認為這品四川名酒溫柔、滋潤，自有一抹晨霧般纏綿的回味，為眾多口味精細的美食家喜愛，也讓兩位知己談得推心置腹，情投意合。

「談起信仰，薄書記，我有一個重要的問題想請教你，」張意謀放下酒盅，「近來不少領導人動員我入黨，都是些很有來頭的人物。我一直在考慮這個問題。就我現在的情況來說，我不需要一張黨證來促進我的事業。我如果決定入黨，那必定要是出於信仰。於是我不斷地問我自己，我相信共產主義嗎？薄書記，你是一個黨的高級幹部，我能不能斗膽問你一下，你還相信共產主義嗎？」

「老張，你這個『還』字含義深刻。我知道你為什麼會問這個問題——你看到了一些共產黨幹部。我也看到了。但我還相信共產主義嗎？我給你說一件事吧。

兩年前我剛來重慶，一天悶熱的黃昏，我一個人在晏家工業區的一條髒兮兮的小街上走，誰也不認識我。走過一家小藥鋪，聽見一陣呻吟，我走近一看，一個農民工坐在櫃檯邊，他的左腕給車間裡的風扇劃斷了手筋，血糊拉雜的，那店主抓著個剪刀鉗子什麼的，笨手笨腳地給他動手術。積在櫃檯上的血沿著玻璃往下流，一條狗，舌頭一捲一捲地，鑽在凳下舔。我說，傷得這麼厲害，怎麼不送醫院哪？那小夥子臉色蒼白，喃喃地說：『我自個兒不小心，老闆不負責任。』

就在那一剎那，我突然明白了，為什麼江姐，那個十歲時就進了織襪廠，站在凳子上操作機器的小童工，成了共產黨員，受盡酷刑，寧死不屈。我突然明白了，為什麼我的老爸，八十多年前，甘願放棄我祖父的百畝良田，跟著共產黨九死一生鬧革命！我也突然明白了，為什麼我老爸在文化大革命期間被整得死去活來，還親手將我老娘的屍體從上吊的繩子上解下來，但他臨死時依然握著我的手說：『共產主義，至死不悔。』」

淡淡的夜霧，沉沉的山巒，重慶市的萬家燈火遙遙在望，恍恍惚惚。

「嗯，薄書記，你明確地回答了我的問題。但我還是不理解，近幾十年來，共產主義在全世界範圍急劇衰退，共產主義最成功的蘇聯也一下子崩潰了。毛主席說，實踐是檢驗理論的唯一標準，馬克思的共產主義理論到底出了什麼毛病？」

「出了個小小的毛病，卻又是個致命的毛病。馬克思的共產主義理論的精髓就是公有制。全人類一起出工勞動，北極的愛斯基摩人划著皮艇出海獵殺鯨魚，南美的瑪雅後代猴似的爬上樹頂採摘椰子，普天下一起分享勞動果實，各盡所能，各取所需，老少無欺，一律平等，人人為我，我為人人。但這個理想社會是建立在一個假設上：人人沒有自私。就是在這個假設上，共產主義倒塌了，就在我們的面前轟然倒塌了。老張，你和我看到的那些共產黨幹部，就是那些被自私蛀空了的朽棟爛梁，橫七豎八地躺在共產主義的廢墟上，觸目驚心，醜陋不堪！」

「那個得了小兒麻痹症的大科學家霍金也說過類似的話，人類的根本缺陷——自私，妨礙了人與人之間的協調，妨礙了人類與自然之間的協調。自私使人類陷入了進化的歧途，自私也將把人類引向整體的滅絕。」

「誠哉斯言！成也自私，敗也自私。資本主義的繁榮在於成功地利用了人類的自私本能，共產主義的衰敗在於沒有充分估量人類的自私本能。馬克思當年嘔心瀝血，埋頭寫《資本論》，忽略了休息，連刮鬍子的時間也沒有。要是他偷閒上倫敦動物園去走走，好好地看一看那些猴子們的表現，那他對公有制包治百病的宣傳下必會加一條小字體的聲明：此療效尚未得到國家食物藥物檢驗局的驗證。

你看，猴子就是要搶東西吃，腮幫子塞得鼓鼓的，還是要搶。霸占了一大群配偶，還要將一隻母猴追得吱吱叫。要是發現有隻剛成熟的小公猴賊眉賊眼地偷看，那就非衝過去，將牠咬得皮開肉裂不可。弱肉強食，適者生存，自私自利，天經地義。人類還剛剛鑽出叢林，前肢受傷，只得直起身子，踉蹌逃竄。慌忙中尾巴被扯斷，尾椎骨勉強縮進皮下，馬克思就匆匆地給牠披上了件袈裟，勒令牠立地成佛，結果卻搞成了個戴面具的猴戲，撓首挖耳，醜態百出！我手頭就有七百九十一個這樣的猴子！」

「七百九十一個猴子？」

「連猴子也不如！那是七百九十一個警察，像模像樣地頂著一顆金燦燦的國徽的人民警察！這次剛告一段落的打黑運動一共逮捕了一千五百四十四名嫌疑犯，其中警察就有七百九十一名，占了一半還多。重慶市公安局大樓空空如也，我在大廳裡走，回聲四起，我心裡掠過了一陣悲哀，似乎絕望的崇禎皇帝，獨自一人，在空蕩蕩的皇宮裡徘徊。這世紀末似的場景不幸證實了我的一個很不受歡迎的觀點：警察與黑幫只有一絲之差。警察力量永遠是一把雙刃劍，能保護人民，也會傷害人民。我再給你解剖一個麻雀。八〇年我從遼寧省調到重慶市，隨身帶來了一名虎將，王厲軍，我任命他為重慶市公安局局長。果然，他不負重望，在重慶打黑運動中戰果赫赫。」

「久聞大名。蒙古族，是不是？」

「成吉思汗的後代。他在鐵嶺市當公安局局長的時候，雷厲風行，將當地的黑幫勢力打了個落花流水。黑幫分子報復，綁架了他十五歲的女兒，將她活活地剝了皮，並將施刑的錄像帶寄給了他，從此他就處於一種亢奮狀態，斷絕一切親戚來往，每天穿著防彈衣上床，枕頭底下橫著一把CS微型衝鋒槍。他很少上飯館，偶爾赴宴，他堂而皇之地戴著頂鋼盔坐在酒席上，談笑風生，可那把衝鋒槍依然橫在腿上。」

「嚯，那不是孟良崮上的七十四軍軍長張靈甫嗎？」

「他有一次上北京人民大會堂去開會，公安部的慶功頒獎大會。會開到半途，他看了看手錶，對旁邊的人說，對不起，我要上一下廁所。他坐在抽水馬桶上，用手機接通了鐵嶺市體育場的打黑公審大會現場。手機裡喊道：王局長，您晚了幾秒鐘，剛斃了一個，現在要斃第二個了，聽好了，『啪！』解決了。現在要斃第三個了，聽好了，『啪！』解決了。現在要……。他就坐在那兒，一共聽了五十五聲『啪！』然後拉上褲子，回到了主席台。」

「我要了！這可是一個極好的長推鏡頭：攝影機架在三腳架上，先拍一個他坐在抽水馬桶上的全身，聽著手機，目光凝視遠方，紋絲不動。鏡頭漸漸推近，半身，胸像，頭像，雙眼，瞳孔。畫外音：『啪！』『啪！』『啪！』『啪！』……」

「再給你念一段他的獨白。重慶打黑運動開始後，他對我說：『薄書記，我在地圖上數了一下，重慶市有四十六個廣場。您下命令吧，我每天在一個廣場上斃他一百個，輪流轉，轉滿了一圈，您要是還嫌不夠，我再給您轉一圈。』」

「嚯，毛澤東鎮壓反革命啊！」

「對於這樣的猛將，我既愛又怕。」

「這正是艾森豪將軍對他的愛將四星上將巴頓的態度。」

「王厲軍同志雖是個公安局局長，但他依然是個警察，所以我也同樣對他保持這樣的警惕。不言而喻，對警察的監視越嚴，那他們對人民的保護就越強，對人民的傷害就越弱。反之也然。打黑運動消滅了公安系統的一批害群之馬，但我知道，運動一過，稍一放鬆，又會捲土重來。現在這批打黑幹將也許就成了下一批打黑的對象。毛主席的辦法是隔兩三年來個運動，割草一樣，冒出來一茬，割它一茬。從遺傳學的角度來看，毛主席是在用人工淘汰的方法，逐漸剪除人的自私基因。」

「有意思！從來沒有從這個角度去分析過毛主席的階級鬥爭的實踐。很有道理啊。壞人被消滅了，剝奪了生殖權利，那他的自私基因就得不到遺傳的機會，久而久之，人類的本能就改善了。」

「完全正確！我正在寫一篇論文：《階級鬥爭和人類進化》，要說的就是這個道理。所以，階級鬥爭不僅不能放棄，而且還要加強；政治運動不是太多了，而是還要更頻繁。有幸的是，現在科學進步了，我們又多了一樣武器，可以從技術上來加速自私的消亡。」

「什麼技術？」

「我正在和重慶大學理工學院的電訊系聯繫，探討一種對警察進行全方位監視的系統。初步的構想是，在每一個警察的帽檐上裝一個廣角攝像頭，將該警察執勤時的行為和語言一絲不漏地記錄下來。下班時取下攝像頭，交給警察局的資訊中心，下載儲存，更換電池，第二天上崗時再戴上。」

「很有點像礦工的礦燈，一下班就交給礦燈室，充電保養。第二天上班取出來重新戴上。為了防止火花引起瓦斯爆炸，礦燈沒有開關，一直亮著的。」

「一點不錯！我構想的那種攝像頭也沒有開關。有人提出警察的隱私問題，我說，公務沒有隱私。又有人提出，上廁所怎麼辦。我說，照錄不誤，沒事不來查看你的錄像，但如果有不少人投訴你，或你的屁股不乾淨，還能不讓人看一下嗎？」

「就是，就是，你發燒了，護士給你打針，你乖乖地拉下褲子，完了還連連道謝。」

「哈，這個比喻好，以後我要借用。哦，為了防止個別警察故意破壞錄像頭而幹壞事，錄像頭一發生故障，立刻會發出一個無線電信號，附近的警車就會立刻趕到，將該警察送回總部。要是接連幾次發生這樣的故障，就得對該警察加以注意了。」

「我幾乎可以看見，戴著這樣的錄像頭，重慶的警察，笑容滿面，扶老攙幼，一個個雷鋒似的，毫不利己，專門利人，掏錢給老大爺買車票，挑著老大娘的擔子過旱橋，等等等等。」

「也許他們一開始是作秀，謀求表揚、嘉獎、晉升，但作秀時間長了便成了習慣，習慣時間長了便成了自然。其實這跟調教動物的原理和方法是一樣的，譬如說調教一條狗，你用食物獎勵它，去完成一個動作，如從門口叼報紙進來，或用皮肉的疼痛來懲罰牠，使牠克服某一個壞習慣，如在屋裡任意拉屎拉尿，不斷地重複這種獎勵或懲罰，便會形成一個自動的行為方式。如果對這條狗的子子孫孫一代又一代，持之以恆地調教下去，那麼，這種調教所產生的獲得性遺傳便會一點一點地積累起來，最後在基因裡固定下來，成為一種本能。」

「能不能這樣理解：毛澤東的階級鬥爭是剪除萌發的自私，薄戲來的攝像鏡頭是抑制潛在的自私？」

「好！概括得極有道理。我要把你的這句話引用在我的論文裡：著名導演張意謀說——」

「不勝榮幸！在你的論文裡一亮相，我就步入政壇啦！」

「毛主席語錄：『為了一個共同的目標，我們走到一起來了。』老張啊，這第一步還沒邁出去，我就已經在考慮第二步棋了——我還想把這個調教過程，也就是對自私基因的抑制過程，從警察推向黨政幹部。」

「等一會兒，等一會兒，你是說——」

「你猜對了，和警察一樣，那一大摞子處長啦，廳長啦，局長啦，包括我自己，沒有例外，一進辦公大樓，馬上扣上個錄像頭！」

「但幹部們不一定個個都戴帽子啊，特別是女幹部！」

「這個問題我已經考慮好了，搞一個耳鼻喉科大夫頭鏡那樣的頭箍，腦後有個可以調節的卡子，大小由之。」

「哎呀，老薄啊，那模樣——」

「怪模怪樣，是不是？我估計一開始會是有點兒。但看久了就習慣了，就好看了，就神氣了。就像現在開黨代表大會，主席台上就座的政治局常委們，一個個都吊著個牌牌。開始覺得怪怪的，但現在，脖子下沒塊牌牌，看上去很不扎實，四川人說，很不安逸，好像被撤銷了黨內外一切職務似的。這僅僅是第二步。」

「聽你的意思好像還有第三步？」

「這第三步的步子就更大一點了。說來話長。來來來，吃點兒菜。光顧著侃大山，忘了小欒胃。四川口味和你的陝西口味，和我的山西口味有一個共同特點：辣。」

「毛主席說，不辣不革命嘛！」

「中！那天你決定要入黨了，我做你的介紹人。言歸正傳，剛才說到我的第三步。去年重慶人民醫院收容了一個老大爺，這個病人的額頭正中長出了個角，差不多有一尺來長，犀牛似的。這是一種非常稀罕的頭顱骨質病變，我對那個病例十分關心。」

「這是你的一貫作風，關心老百姓的疾苦。」

「但我對這個病例的關心超出了疾苦。醫生們要把那角鋸掉，我說且慢。按照我的指示，該病人被送到了四川醫科大學的遺傳系，我要求他們將那病人的遺傳密碼全部解析出來。」

「哇，解析一個人的全部遺傳密碼，談何容易！那玩意兒，我略知一二，咱每個人身上有三十億個遺傳密碼啊，老薄，你真有毛澤東的氣概啊！」

「不敢當。我知道難，我對他們說，要資金、要設備儘管提，我們重慶三千五百萬人民，就像六〇年代發展核武器，毛主席說的那樣，就是勒緊褲腰帶也要把那個勞什子搞出來！要出國進修，更不成問題，省下幾個老幹部公費海外觀光團就綽綽有餘了。我對那些老教授們說，你們這一輩子幹不完，交給你們的學生們繼續幹，他們幹不完，再傳給下一茬的科學家們。臨走時，我送了他們一本《愚公移山》，有點破舊，那是毛主席送給我老爸的，扉頁上有毛澤東的親筆題詞：為人民挖山不止，死而後已。」

「對一個小小的疾病，你這樣關心，難怪重慶的老百姓將你視為救星。我更欣賞你的思維方式，把角鋸掉了，那只是治標，要從基因的根本上將病原鏟除。」

「不是鏟除，而是發展。」

「發展？」

「大規模地發展。老張，你剛才不是擔憂幹部們戴那個錄像頭不方便嗎？」

「啊，我理解你的意圖了！」張意謀恍然大悟，「你是要讓那些幹部們的額頭上都長出一個角來啊？」

「那批幹部木已成舟，沒有希望了，將就點吧，」薄戲來凝視著夜空，「我是寄希望於下一代，再下一代，重慶市的人民，四川省的人民，全中國的人民……」

「啊——」張意謀毛骨悚然。

「每人額頭上都長著一個尖角，每個尖角上都裝上個攝像頭！」

張意謀額頭上津津地滲出汗來。

薄戲來含笑，等待著盟友的覺悟。

「嗯，看來是我思路狹窄，少想多怪了，」張意謀鎮靜下來，深刻地反思，「要用進化論來看這個問題。現代人一個個天庭飽滿，額頭高高的，要讓前額扁平的北京猿人看見了，也準會像我一樣大驚小怪。你的那個角，只不過是將額頭再往前發展一點而已。」

「謝謝你沒有將我一棍子打死，你是第一個聽到我的這個異端邪說的人。」

「最好暫時不要對外宣傳。」

「我也是這樣想。對重慶醫科大學遺傳系的那些教授們，我也沒有透露我的『狼子野心』。傳播和實施一個標新立異、高瞻遠矚的政治理論，需要權力，很大的權力，才能克服主流社會頑固的思維惰性。目前我的權力還遠遠不夠，所以只能私下裡和知己溝通溝通，串聯串聯。有幸的是，你能理解我的思路。」

「心有靈犀一點通，犀牛的犀。」

「好，大方向決定了，現在讓我們來討論一下細節問題，」薄戲來說：「警察的大蓋帽，幹部的頭箍，都可以隨時取下來，影響調教的效果。但那個尖角，推進了火化爐還挺立在你的額頭！那錄像頭雖然還是裝上去的，但可以用特殊設計的螺絲，擰得死死的。」

「套上去前先擠上一點永固膠，擰緊後再用電表上的那種鉛帽封死，絕對沒法做手腳！」

「對，永久性的，一輩子不用拆下！可以法定一個上環的年齡，我看十六歲比較合適，因為人的頭部到了那個年齡就發育完全了，而且也正是自私心理在荷爾蒙的刺激下瘋長的起點。」薄戲來說。

「可以舉行一個上環典禮，載歌載舞，披紅戴花，那些台下的小弟弟、小妹妹們看得心癢癢的，扯著媽媽的手，一個勁地嚷：『我什麼時候也戴上那個圈圈呀？』媽媽撫摸著孩子的角，說：『快了，快了，再長長那麼一點兒就可以了！』」

「到了那個時候，數碼技術就更發達了，晶片的資訊儲存量和電池的容量必將成倍地增長，完全不必每天下載和充電，也許只要一個星期，甚至一個月，下班順路上小區的資訊中心去一次就可以了。」

「下載的速度也極快，一點頭，角尖往牆上的插座裡一伸，幾秒鐘，就OK啦，還順便『糖露』了幾首最新的流行歌曲。估計那些九〇後，不是這個世紀的，還特別積極，每天去插，被工作人員溫馨勸阻。」張意謀說。

「到了那個時候，社會秩序一定是井井有條，極少有什麼犯罪現象。查閱下載的檔案只是為了好中選好，每年挑選出幾名道德標兵，在春聯會上登台頒獎，並播放幾段感人的錄像，譬如說跳水救人後，水淋淋的，沒有留下姓名就走了，媒體一直找不到那個無名英雄，但年終抽閱公民的錄像檔案，啊，原來是這個小夥子！」

「那錄像頭一定像飛機上的黑盒子一樣，防水、防火，不怕衝擊。查閱錄像檔案也有邏輯自動搜查功能。就拿你剛才說得那個跳水救人為例，搜索者只要根據目擊者提供的資訊，打入『水花四濺』、『渾身濕漉漉』等圖像搜索要素，和『你真是我的救命恩人哪！』『沒啥，沒啥。』等語音搜索要素，往『Enter』鍵上一擊，嘩啦啦，庫存的億萬檔案一剎那便兜底查了一遍。你的那位王厲軍局長對這個一定會非常感興趣！」

「老張啊，現在我的心已經飛出了山城，我感到我正站在天安門城樓上，檢閱著國慶遊行隊伍，那一隊隊邁著正步的解放軍戰士，那紡織廠歡欣雀躍的女工們，那抬著五穀糧食、蔬菜瓜果的農民們，那民族學院五彩繽紛的少數民族學員們，一個個額頭上長著根尖角，每個尖角上都套著個錄像頭。更重要的是，那一群群繫著紅領巾的少先隊員們，雖然還沒有戴上錄像頭，但一根根尖角發育良好，太陽光下閃閃的，顯然都塗了點生髮油，用條布劈劈啪啪地拋光了好一陣子。國慶節嘛，孩子們當然要打扮一下囉！」

「說不定北大的學生又會扛出一條橫幅：『戲來，你好！』」

「免了，免了，我不在乎他們的感恩戴德，只要他們額頭上的尖角健康結實，調教過程卓有成效。民族的繁榮昌盛高於一切，個人的榮辱得失過路煙雲。」

「老薄，我自告奮勇了！讓我來擔任你的攝影師，我要像德國的那個萊芬史達爾一樣，記錄下這人類歷史無比輝煌的一剎那，人類進化生死攸關的轉折點！」

「一言為定！到時候我會派專機將你的攝製組接過來！」

「我當然會用最先進的ＨＤＶＤ來拍攝，現在放映起來，效果非常好，但幾百年後，我們的後代看這些紀錄片，就像我們現在看世紀初萊特兄弟試飛第一架飛機，八毫米片帶一抖一抖的，樓上陽台上有人撣地毯似的。不管怎麼說，讓中華民族的子孫後代領略一番先輩們的豪情壯志吧。」

「就這樣，一代接一代地對中國人民進行孜孜不倦的調教，每一代都會潛移默化，產生一點獲得性遺傳，並將這些微小的基因變化遺傳給下一代。這樣每一代的自私含量都會比上一代小一些。當然，偶爾也會出個次品，也不怕，亮出毛主席的階級鬥爭利劍，一刀斬了就是了。我無法估計，究竟要經過多少代，但總有一天，自私這個邪惡的基因會被淘汰出去，那就是共產主義的最終實現！」

「老薄，馬克思好像說過，共產主義不可能在一個國家內單獨實現。是不是要同時——」

「那是不言而喻的，老張。我是怕你一時接受不了，說我太狂妄，沒說出口。那當然是世界範圍的事。你看，袁隆平搞出了些產量高一點的稻種，立刻成了世界農業的搶手貨，中華民族未來的那個優良的尖角基因難道不會風靡世界？」

「萬變不離其宗，這就是毛主席的世界革命理論付諸實踐。」

「老張啊，我們始終籠罩在巨人的身影之下呀。」

「那，要是某個亞非拉國家要求支援一點尖角基因，我們是將幾片基因深凍在小瓶裡，專機送過去，還是輸出幾對童男童女，在那邊繁殖開來？」

「都可以。當然我們也要充分考慮到兄弟國家的技術條件，尊重兄弟國家的主權觀念。深湅基因人家未必能處理得好，移民又未必能被人家愉快地接受。如果是那樣的話，那就歡迎到我國來接種，熱情招待，接種加旅遊，為客人提供一個健康愉快的妊娠過程。我們也可以派遣種源出國傳種，無償援助，入鄉隨俗，一定要尊重對方的風俗習慣。傳種完畢，如果對方歡迎，可以就地入贅。要不然就班師回朝，療養數月，立功受獎，然後仿照毛主席當年的『湖南農民運動講習所』，開個培訓班，培訓出更多的傳種員。當然，採用接種和傳種的方式，不可能一下子就盡善盡美，一步到位。開始幾代的雜交，角也許會短一點，那些短角娃娃們長大後到我國來留學，一定不能歧視。」

「那是很傷感情的！」張意謀嚴肅地點了點頭，「就像咱們笑話某人那玩意兒又短又小，要出人命的！」

「你這個民族心理的類比很好，我會轉達給外交部的。但這種雜交也極有可能發展出新的款式，譬如說，扭角、彎角、叉角、黑角、紅角、白角等等。總之，不拘形式，不遺餘力，以中國為革命中心，將尖角基因向全世界傳播。」

「哈，真是百花齊放，燦爛輝煌啊！但我又想到了一個問題。當人類調教成功，自私滅絕，共產主義在全球實現了，人類額頭上的那個尖角完成了它的歷史使命，那會不會成為一個累贅？」

「不會！你想想看，那玩意兒美觀尚且不說，還非常實用。隨便舉個例子，你可以設計個手機附件，開車時往額頭上一掛，徹底消除了單手駕駛的危險。」

「好主意！那眼鏡也不必老壓在鼻梁上了，兩個坑坑，又痠又麻，還老往下滑。角的根部有一個小小的摁鈕，食指往上輕輕地一點，啪的一聲，自動傘似的，一對折疊式鏡片就從角芯彈出，穩穩當當，四面透風。開追悼會，號啕大哭，那眼淚一瀉千里，鏡片上滴水不沾！」

「老張啊，孫悟空翻跟斗，前翻十萬八千里，後翻十萬八千里，左翻十萬八千里，右翻十萬八千里，定神一看，咦，怎麼還是在如來佛的手心裡？」

「什麼意思？」

「我們倆在這兒海闊天空，遐想聯翩，吹了半天，毛主席用六個字就概括了。」

「哪六個字？」

「改造人的思想。」

「改造人的思想，這確實是人類發展史上最偉大的戰略目標！」

「我提議，為實現這個人類發展史上最偉大的戰略目標，乾杯！」

「乾杯！」

酒逢知己，飲得痛快。但兩人都不是海量，幾盅下喉，渾身發熱，不禁都有點放浪形骸。

薄書記說：「老張啊，我的前身一定和你一樣，是個藝術家！」

張導演說：「老薄啊，我的前身一定和你一樣，是個政治家！」

「哈哈，老張啊，我的那齣《百人江姐大合唱》，我想拿到北京的國家大劇院去演出，怎麼樣？音樂處理上還過得去吧？」

「老薄啊，不談音樂了吧，我看你那是拉胡琴打噴嚏，弦外有音啊！」

「哈哈，連你也不相信我那是為了豐富一下人民的文藝生……」

「得了，得了！老薄啊，你這是唱花旦扭到台下來啦！真人面前不說假話，不瞞你說，我在導演奧運會開幕式的時候，常常感到當年毛主席接見紅衛兵的那種氣概！」

「就是那種氣概！那晚我坐在鳥巢裡，確實是和你分享了那種革命領袖無與倫比的豪邁氣概！當時我心裡就有一種直感，這個張意謀是一個可以共謀大業的人。你看，我們的那個計畫是毛主席偉大的戰略思想的一部分，為了實現我們的計畫，我們就要重新樹立毛主席的光輝形象，重新宣傳毛澤東思想！」
「我完全贊同你的策略。要為你的那個計畫——」
「我們的計畫。」
「好，我下水了。要為我們的那個計畫造輿論、造聲勢，小打小敲不成氣候，要有一個相當的規模才行。」
「說得好，說得好！那麼你看，這《百人江姐大合唱》，規模是不是還可以搞得更大一點？」
「英雄所見略同！我也是在想，中國有十二億聽眾，全世界有七十億聽眾，我們那個大合唱的規模確實要擴大那麼幾倍。」
「幾倍？」
「一萬倍。」

《百萬江姐大合唱》籌備組即刻成立。
主辦單位：中國共產黨重慶市委員會。
總導演：張意謀。

首演日期時間：二〇一〇年九月八日晚上十點。
演出地點：重慶市，沙坪壩歌樂山革命烈士陵墓。

時間緊迫，事不宜遲，馬上開始招募演員。

當然那一百個江姐是核心力量，精銳部隊，但還有九十九萬九千九百位江姐要招募。大學的女生數量有限，細網打撈，反覆尋覓，也只勉強招募到了十萬多一點，第二輪的便是挑選體形纖細的男生反串，刮淨鬍子，鉗細濃眉，第一次塗脂抹粉要指導一下，特別注意發青的下巴，底色要打得厚一點，套上個假髮，近看泰國人妖似的，有點怕人，但站出二十來步，便男女平等了。

那些彪形大漢們遭到了淘汰，失去了一個與美女們廝混的機會，心態難以平衡，吃不著葡萄，不免有點酸勁，紛紛在博客上發帖抗議：

「個頭高大無罪，肌肉發達有功！」

「堅決反對逆向淘汰！」

「警惕郁達夫式病態美的回潮！」

「甘當艾未未，不做林妹妹！」

市委宣傳部看得生氣，向書記反映。薄書記說：「想要參加紅歌演唱是好事，他們的情緒是積極的，是健康的。打黑運動搞得有些緊張，要努力把我們重慶市的氣氛搞得活潑一些。我倒建議把那些牢騷收集起來，甚至還可以採訪採訪他們，寫一篇有趣的報導，翻譯成英文，發給香港的《中國時報》、《亞洲華爾街日報》等。老外對歌功頌德的文章不感興趣，這篇報導看似負面消息，但小罵大幫忙，生動地表現了重慶的民主空氣。」

撈到了一大批男生，但人數還是遠遠不夠，於是走向社會，從重慶居民中招賢。年齡不限，性別不論，只要身材瘦點，腰桿挺一點都歡迎來《百萬江姐大合唱》籌備組面試。這下可熱鬧了！那些每天早上在街頭公園打太極拳的老爺爺們，跳老年健身舞的老婆婆們，自我感覺極好，結伴搭夥，嘻嘻哈哈，一呼隆都來了。雖然能入選的不足三分之一，但這底數極大，資源豐富，一個星期下來，輕輕鬆鬆地就招募了四、五十萬。

很明顯，這批老當益壯的江姐們不能首當其衝，衝在鏡頭前面。好在那歌樂山烈士陵園依山而建，極為開闊，讓貨真價實的妙齡江姐們站在前面，後面就盡可濫竽充數。還得跟各媒體的攝影師們打聲招呼，拍攝時，鏡頭的光圈盡量開大點，前排清晰，後景模糊。

組織工作做得極為周到細致，每位江姐左臂袖口的內側都縫有一方小小的號碼標籤，那三百級台階上，兩邊的山坡上，都密密麻麻地標著對應的號碼，江姐們入場後自動對號入位，井井有條。

那片標籤上還有一個標誌：一張嘴。這個標誌非常重要，是決定這個江姐真唱還是假唱。那一百名精銳江姐，和那十幾萬名妙齡江姐們當然是真唱，於是那個標誌便紅唇大開。但如果是個反串，那嘴便被打上一個叉叉，意思不言而喻。

被錄用的演員高高興興地排隊領取演出服裝，和一個印著《百萬江姐大合唱》的大信封。信封裡裝著演員證、歌譜、排練演出時間表、茶水津貼和一些必要的化妝品。〈演員須知〉中還特別提醒遠途而來的演員們，請保留車旅費和住宿費的單據，演出結束後可向重慶市政府或當地政府報銷。這些細節都是排練奧運會開幕式積累起來的，無微不至，面面俱到。

發放服裝的工作人員對一位老爺爺說：「老大爺，您這麼大年紀，還來扮演江姐啊？」

「梅蘭芳六十歲還演《穆桂英掛帥》呢。穆桂英掛帥是為了皇帝，咱扮演江姐可是懷念毛主席啊！想當年他領導我們鬥地主，我是村裡的赤衛隊隊長，那年我才十五歲！」

「嚯，十五歲就當上了赤衛隊隊長，了不起啊！說來聽聽，說來聽聽！」

「說來話長。那年我跟著娘逃荒，一路討飯。有天傍晚，快過年了，進了一個村子，又冷又餓，看見一個大院，大門關著，但飄出來一陣陣烤肉的香氣，我就敲門，使勁敲，使勁喊，沒人答應。我火了，往院裡扔石頭，我娘害怕，拉著我不讓我扔，我掙脫娘，撿更大的石頭往裡扔，聽得見屋瓦砸碎的聲音，門突然開了，一個傢伙，棉袍皮帽，牽著條大狗，那狗衝著我撲過來，把鐵鏈繃得蹭蹭響，我和娘連滾帶爬逃了。」

「那後來呢？」

「後來我和娘在附近的鄉鎮討了一圈，估計有一個來月的樣子，又回到了那個村子，正碰上村裡鬥地主，分田地。冤家路窄，台上低頭站著的不是別人，正是那天黃昏牽著條惡狗的傢伙。我一蹦就跳上了台，揮手一巴掌，打得他踉踉蹌蹌，嘴角流血。那工作組組長讓我控訴，我問什麼叫『空熟』？他摸著我的頭告訴我，就是說說你為什麼要打他，說大聲點！於是我就大喊：『他家烤肉，我和娘餓！』說完我就一屁股坐在台上大哭。工作組組長後來告訴我，這句話傳到了黨中央，毛主席就提筆寫了一首詩：

一家烤肉萬家香，
於是出了共產黨。
莫怨革命血淋淋，
只怪私心太頑強。」

「那後來呢？」

「後來我就當上了赤衛隊隊長，火線入黨，在村裡住了下來，當上了村黨支部書記，一當就當了整整六十年。沒貪汙，沒腐化，下不來；沒文化，沒關係，上不去。去年退了，唱唱戲，種種花，靠點低保，還過得去。」

「哪個村子啊？」

「哦，要緊的倒忘了說，就是東邊的那個馬武鎮的冷水村。」

「喲，那不是在涪陵嗎，離這兒有三百來里啊！」

「三百來里算什麼！當年娘帶著我討飯，從貴州的桐梓縣一直討到四川涪陵縣，那有多少里？況且現在是搭車，小半天就到了。」

「太感人了，大爺。給，這是您的服裝，到了那天，鬍子刮得乾淨點。您看，這標籤上的小嘴打了個叉叉，意思就是大合唱時，您裝模作樣，張張嘴，但不要唱出聲來。」

「不要唱出聲來？這是為啥呀，嫌我嗓子不好？來來來，我給你來一段川劇的《霸王別姬》，搖板，沒胡琴，不礙。聽好了，嗯哼，『力拔山兮——氣蓋世——』」

「好！大爺，您中氣足！以後要是來個《百萬彭德懷大合唱》，一定請您站在第一排，讓您使勁唱。可這回您扮的是江姐，請您務必包涵點。來，我給您的叉叉再加粗點。」

老大爺捧著服裝，嘀嘀咕咕地走開了。

「大娘，您這風塵僕僕的樣子，打哪兒來的？」

「瀘州。」

「啊，瀘州老窯啊，嚯，您跨過省界來了，那可有五百來里啊！」

「可不是嗎，長途汽車最便宜的也要六十塊錢哪，竹板硬座，那顛的！」

「哦喲，不容易啊！大娘，您為啥要來扮演江姐啊？」

「心裡有氣啊！」

「心裡有氣？什麼氣啊？」

「當然不會是好氣啦！兩年前來了一個開發商，拿著張縣委的批文，一下子將我們全村的房子都拆了，村民們一律搬遷到一個什麼『幸福村』。一棟棟九層的樓房，遠遠看去，掛曆上的香港似的，但沒電梯。我家分配在頂樓，上樓跟登峨眉山一樣，起碼要歇上四五回。所有的房間都是毛胚，水泥袋扔了一地，爛木板橫七豎八，盡是朝天釘。無門無窗，牆壁齜牙咧嘴的，連石灰都沒有糊。那樓板一腳就踩出一個洞，牆磚一抓就是一把灰。我們那棟，側牆上一道裂口，從屋頂一直劈到地面，像一道閃電。旁邊的一棟，歪歪的，歪成什麼樣子，沒法說，只知道有回從九樓的陽台邊掉下來一大塊水泥，啪的一聲，在街心炸了。這樣的樓房，誰敢搬進去住啊！只得在樓房外的空地上搭個篷篷，老老小小，擠在裡頭，野狗一樣！不是我一家人，你抽空去看看，一大片篷篷，難民營似的！」

「那你們可以去投訴啊！」

「去啦！一層層地上訪，從鎮到鄉，從鄉到縣，從縣到省，轉來轉去，踢來踢去，我兒媳婦在篷篷下生的娃都能走路啦，還是沒門。接待員的態度倒是很好，我跟你學學：『哎呀，得將心比心啊，人家投資商蓋了那麼些高樓，錢花了不少呀！質量當然還可以繼續提高，但畢竟是高層住宅啊。農民住高樓，哪朝哪代有這樣的好事？開發商尊重農民的傳統習慣，你們還是用灶爐，燒棉稈稻草，沒有煤氣中毒的危險。還是挑水，多歇幾回，自來水貴得要命。還是用糞桶，賣糞的錢歸你們自己。大娘，您家住頂樓？好啊，在陽台上揚穀子，風大！』」

「這不明明是胳膊往裡彎嘛！」

「可不是嘛，農民老實啊，開始還不敢相信他們是一夥的，直到去年春節，那個開發商在縣城裡蓋了家豪華酒樓，開張那天，嚯，那大紅的賀聯，從樓頂披掛下來，送賀聯的單位有公安局、市黨委、市政協、教育局、衛生局、工商管理局、城市規劃局、環境保護局、計畫生育辦公室，等等等等，一條接一條，將整個酒樓蓋了個嚴嚴實實的，像個從花轎上下來的新娘子！我們一下子看傻眼了！」

「大娘，聽得我好傷心啊。給，這是您的服裝。」

老大娘撫摸著那鮮紅的旗袍，深情地說：「唉，我真像江姐一樣，繡著紅旗想念毛主席。毛主席走了，那些貪官汙吏就無法無天啦！」

「喲，帥哥，讓你久等了。你這扮相好，就是喉結有點高，注意用圍巾裹嚴點兒。剛才那位老大爺和老大娘的話你都聽見了，好感動啊，是不是？但我還想聽聽九〇後的想法，你感到毛主席怎麼樣？」

「酷！」

四月五日清明節，薄戲來瞻仰祭奠歌樂山革命烈士陵墓。

細雨霏霏，薄書記向烈士紀念碑獻花，鞠躬，致哀。薄書記望著那三百級紅色花崗岩的台階，這裡將是《百萬江姐大合唱》的舞台中心，他突發靈感，為了向全中國人民明確地表達大合唱的主題思想，他要在台階的最高處建立一尊毛主席雕像。

這個想法與張意謀的舞台設計一拍即合。如此開闊的一個舞台，需要一個強大的制高點，就像歐洲那些古城的中心總是聳立著一個教堂的尖塔一樣，提供一個視覺焦點，情緒中心，精神寄託。

雕像的設計和監製任務交給了四川美術學院的葉毓山教授，他在一九八六年完成的那座高達十一米的《歌樂山烈士群像》獲得了全國城市雕塑最佳作品獎。葉毓山教授說，雕像有三種形式：全身像、胸像、頭像，薄戲來說：頭乃思想之寓所，我們的目標是宣傳毛澤東思想，搞一尊毛澤東的頭像吧。薄戲來要求葉毓山教授以《歌樂山烈士群像》三倍的高度來塑造毛主席的形象，即三十三米高的一個頭像！

葉毓山教授猶豫了一下，心想這是白公館，渣滓洞死難烈士的陵墓，突然一顆龐大無比的毛澤東的頭顱坐鎮墓頂，是否有點喧賓奪主的味道？再說，毛主席壽終正寢，並非烈士，若矗立在北京毛澤東紀念館門口，那是名正言順，但躋身於重慶死難烈士之間，是不是有點陰錯陽差？

但葉毓山教授沒敢與薄戲來書記爭辯，只是製作了一個實體模型，送給薄書記過目，希望這明顯的比例失調能使領導改變主意。豈知薄書記看了一眼便拍板，說：「很有氣勢！」並給了葉毓山教授五個月的時間，一定要在趕在九月八日首演前完成。

葉毓山教授憂心忡忡地說：「薄書記，時間是不是緊了點？」

薄書記說：「葉教授，人民大會堂從設計到竣工才花了九個月。大會堂與雕塑不一樣，但也有可以比較的地方：人民大會堂有一百三十四根大理石的立柱，每根直徑為二米，高達二十五米，那還是半個世紀前的建築能力。有什麼問題直接找張意謀。從現在起，你把教學任務暫時放一下，你是他的《百萬江姐大合唱》籌備組的成員之一。」

沿用奧運會開幕式的經驗，排練過程嚴加保密，筆者未能目睹那繁雜瑣碎的過程，只知道那幾個月，正是山城最悶熱的季節，重慶市忙碌得像雷雨前螞蟻搬家似的，如要細細描寫，一定會令讀者厭煩。倒也好，省去了許多零散文字，把濃彩重墨潑灑在首演上。

首演的日子終於到來。

現場指揮所設在西南政法大學，急救中心設在四川外語學院醫院。烈士陵墓附近的幾家藥房，如利民藥房、明星藥房、同生藥房、康之佳藥房均備足急救藥物，通宵服務。

九月八日，G75藍海高速公路和G93成渝高速公路從下午一時起便設置路障，切斷正常交通，專供風窗上貼有《百萬江姐大合唱》標誌的車輛通行。

傍晚時分，薄戲來同志親臨第一線，脖子上吊著個哨子，手裡抓著個對講機，調集了全市的公共汽車、出租汽車、單位用車、銀行押款車、校車、卡車、警車，來來往往，川流不息，從指定的集合地點將打扮妥當的江姐們拉到歌樂山烈士陵墓。

火葬場的接屍車也乘機高興一下，噴點空氣清香劑，放上幾條長板凳，載著滿車活鮮鮮的生命，一路飄灑著歡笑。

那些非法「摩的」特別積極，今天沒執照的和有執照的一視同仁！平時只能偷雞摸狗地和交通警玩貓貓躲，今天可是冠冕堂皇，大潑咧咧！那麼多江姐，嘰嘰喳喳，搶著要坐我的摩托！挑個苗條點的，還省油。

「江姐小妹子你坐穩當囉，把哥哥的腰抱緊點！」

排氣管也拔了下來，嘭嘭嘭，一路冒黑煙！

四川衛視的直升飛機在沙坪壩上空咕嚕嚕地盤旋，攝影師頭戴耳機，探出身子，拍攝著那浩浩蕩蕩人流和車流，宛如非洲格棱格魯大草原羚牛群驚心動魄的遷移。

沙坪壩是一個盆地，中間是一坦平原，四周環繞著起伏的歌樂山巒，那烈士陵墓依山而建，拾級而上，三百條台階步步登高，像一個古羅馬的環形劇場，放大了千萬倍。今晚《百萬江姐大合唱》就在這個環形劇場首演，演員在上，觀眾在下。

像晚潮漸漲，紅色的海水一浪接一浪，在台階上蔓延開來，在山坡上蔓延開來，一百萬名江姐按時登上了舞台。

皓月當空，清風徐徐。

黑黝黝的歌樂山襯托著一面巨大的紅綢，紅綢披瀉著莊重的流紋，蒙著等待揭幕的毛澤東雕像。雕像兩邊各立著一根燈柱，燈柱上是一組嚴陣以待的超亮氙氣集光燈。

怎樣來描寫這個場景呢？

澳大利亞西部的印度洋中，有一個小島叫做聖誕節島。每年十月，雨季來臨，蟄伏在泥穴裡的紅螃蟹一齊鑽出洞來，爬向沙灘，產卵排精。那退潮的沙灘被億萬螃蟹覆蓋，每一隻螃蟹悄悄地吐出一抹白白的泡沫，海灘上鮮紅的一片，點綴著細細的白點，浩浩蕩蕩，無邊無際……。

山坡上紅鮮鮮的一片演員，浩浩蕩蕩，無邊無際……。

山坡下黑壓壓的一片觀眾，同樣的浩浩蕩蕩，無邊無際……。

其中的一個觀眾是恭獻田教授。

他本可以通知重慶市委，理所當然地享受貴賓待遇，但他情願微服隱身，躋身於芸芸眾生之間，摩肩接踵，胸背相貼，感受這種草民蟻民的渺小感、宏大感、融化感、凝聚感。演出尚未開始，恭獻田教授已經心潮澎湃：華夏子孫歷盡磨難，輾轉反側，但終將會煉成正果，進入共產主義。共產主義不是極樂世界，還會有可怕的災難，如火山、地震、海嘯、冰川，甚至還可能會遭到一顆隕石的致命襲擊，整個人類悲壯地滅絕，但那個世界裡絕不會再出現一個被觀音土脹圓了肚子的，瘦骨稜稜的小男孩！

十點準。

不知合唱隊接到了一個什麼信號，歌聲緩緩升起。

那是一片多聲部的哼唱，沒有歌詞，像希臘寺廟裡的回音四起的晚禱，從容舒展，緩慢莊重。江姐們身體微微搖擺，歌聲一波一波地追逐疊加，交織融合，最後匯成了一片煙波浩渺的和音，無邊無際，蕩漾開去……

像置身於無邊無際的原始森林，山風浩蕩，林濤轟鳴。但你感覺不到聲音的強度，聲音的壓力，聲音的衝擊。你一下子變得透明了，變得飄逸了，強大的聲波毫無障礙地穿透你的皮膚，你的肌肉，你的心肺，你的血管，你的神經，你感到的只是渾然一體的宏偉，渾然一體的昇華！

那面紅綢瀑布似的滑下，集光燈驟亮！

漫山遍野一片驚呼：「啊！」

毛澤東，青年時代的毛澤東，眉清目秀，長髮飄拂，凝神遠矚。

集光燈照射著雕像，紅花崗岩的晶粒熠熠閃爍，光彩奪目。

一九二五年的秋天，毛澤東隻身離開哺育他的家鄉，奔赴廣州，投身革命，開始了一個偉人長達半個世紀追求共產主義的傳奇生涯。

歌聲緩起，各聲部此起彼伏，交相呼應，深情地追溯這那遙遠的憧憬，悲壯的夢想：

獨立寒秋
湘江北去
橘子洲頭
看萬山紅遍……

毛澤東的目光向東眺望。

二十五萬伏高壓電纜，牽引著三峽湍急的電流，縴繩般的沉重，縴繩般的彎曲，卻聽不見縴夫們回聲四起的號子。嘉陵江早已失去了「兩岸猿聲啼不住，輕舟已過萬重山」的瀟灑，匍匐隱身，自慚形穢，在摩天大樓的縫隙間蜿蜒，像一條蠕動的蚯蚓。

雕像的瞳孔深陷，濃重的陰影中暗含著一抹淡淡的迷茫。

江姐們仰望夜空，深情地唱起了〈紅軍戰士想念毛主席〉：

抬頭望見北斗星
心中想念毛澤東
迷路時想你有方向
黑夜裡想你照路程……

毛澤東的目光向東眺望。

天府之國，萬家燈火，閃閃爍爍，高處洽談著無償援助的回扣，低處捏算著油米柴鹽的漲價。

渝中區的那二百六十二米高的世貿中心，那隨後奪冠的二百九十米高的，號稱

「山城拇指」的保利國際廣場大樓，和那脫穎而出，蒸蒸日上，發誓要鶴立雞群，壓倒群敵的嘉陵帆影鐵塔，像華爾街股票交易中心那些激動得瑟瑟發抖的手指，狂熱地向閃爍著貪婪指數的天幕直直地伸去。

雕像的瞳孔深陷，濃重的陰影中暗含著一抹淡淡的悲哀。

北京，中南海，菊香書院。

又是紫丁香盛開的季節。

花色依舊，人去樓空。

三十多年過去了，這花香早已褪去了權勢地位的顯赫和驕傲，也從陰沉沉的死亡氣息裡解脫了出來，沒有雍容華貴，也沒有焦慮惶恐，只是幽幽地散發著對故人的一縷縷忽隱忽現的思念……

江姐們昂首挺胸，以飽滿的共鳴唱起了〈沁園春·雪〉：

……

江山如此多嬌，
引無數英雄競折腰。
惜秦皇漢武，略輸文采；
唐宗宋祖，稍遜風騷。
一代天驕，成吉思汗，
只識彎弓射大鵰。
俱往矣，數風流人物，
還看今朝。
……

紅歌一首接著一首唱，觀眾如醉如癡，群星悄然迴旋，不知不覺越過午夜，滑入了九月九日的凌晨。

毛澤東的臥室，一切如故。

月光瀉入落地鋼窗，照在主席潔白的枕頭上，偉人頭顱的壓痕依然隱約可辨。

床的內側依然散亂地堆放著主席常讀的書籍。

那本特大字版的《楚辭》，依然保持著主席最後一次放下它的角度，依然翻開在那頁沒有讀完的〈天問〉：

何闔而晦
何開而明
角宿未旦
曜靈安藏……

一束強力的搜索燈射向毛澤東頭像上方的歌樂山岩壁。

一點鮮紅的人影從岩縫冒出，沿著一根斜斜的鋼絲索徐徐滑下。

仙女江姐從天而降，領唱今晚的最後一首歌。

她的旗袍上半身和百萬江姐一樣，對襟緊身，只是一對尖乳愈發挺拔。她的下襬飄拂，長袖舒展，她的身後拖著一面宏大的國旗，如同巨輪的尾波。

領銜江姐在舞台的前沿款款降落，一個瀟灑的亮相，觀眾一陣驚呼：「宋祖音！」

月光在昏暗的臥室內瀰散。

那雄鷹依然目光炯炯，時刻準備展翅翱翔。

天花板上，一片厚厚的煙雲，白白的，默默的，紋絲不動，如一方純潔柔滑的羊脂玉。

百萬江姐用鼻音哼出了一個轟鳴的前奏：

「雷——米——雷——多——雷——多——西——拉——索——」

宋祖音昂首挺胸，深吸一口習習的山風，紅唇綻開，朗聲歌唱：

「東——方——紅——」

百萬江姐齊聲合唱：

「太——陽——升——」

北京時間，九月九日零點十分。

毛澤東臥室的天花板上，那一片潔白的煙霧緩緩地舒張，緩緩地收縮……

煙霧從一扇半開的氣窗徐徐漫出，在月光中輕舒漫卷，通明透亮……

歌樂山起伏的山巒後，一陣煙霧緩緩地騰起，在月光中輕舒漫卷，通明透亮……

煙霧下閃爍著一抹淡淡的紅光。那光由粉紅變成緋紅，由緋紅變成橘紅，向上擴散，向上噴薄，莊嚴地推出了一拱燦爛的光環，像古羅馬萬神殿號角齊鳴，宣告著凱撒大帝的登基。

江姐們暈船似的，感到一陣恍惚。

山巒後擠出鮮紅的一牙，彩霞衝擊波似的，一圈一圈地向上噴射。

山坡猛地一晃，幾位老大爺、老大娘摔倒了，立刻掙扎著爬了起來，互相攙扶，就像當年越獄的難友。

一輪紅日奮力突破，一衝一衝地向上推進。

一片驚呼！

地面瑟瑟震動……

那麻將牌似的，砌得勻勻貼貼的三百級紅岩石階，互相摩擦排擠，推搡頂撞，石縫間那精心的鑲嵌，可以禁受岩石的熱脹冷縮，卻禁不起地震的拉扯，暴露出一條條填充的矽膠。石階兩邊的山坡，草皮撕裂，白根暴露，彎彎扭扭，記錄著那錯綜複雜的局部應力。那一排排修剪得整整齊齊的萬年青，失去了武警板刷頭似的挺括，扭曲出了一浪浪睡醒的散亂。

那高達三十三米的毛澤東頭像石雕震出了裂紋，那些一米見方的花崗岩塊穿差錯位，口鼻歪扭，突兀凹陷，一座寫實風格的傳統雕塑頓顯野獸派的猙獰。

五百里外的「幸福村」卻轟然倒塌。

瀘州古窯那遠看香港似的九樓農民住宅群，像傾倒了一大盆香灰，塵埃翻捲，滾滾推進，垂直的高度以數學的冷靜轉換為水準的厚度，掩埋了腳下那一大片寮棚，包括大娘江姐那用竹竿、三合板、包裝箱和暖棚塑膠膜支撐起來的狗窩，和那窩裡野狗似的一家老小。她那剛學會走路的小孫兒，鑽在娘的懷抱裡，瞬間被厚厚的灰土吞噬。沒有痛苦，沒有掙扎，娃娃那一對紅軟柔嫩的肉團團腳跟卻免去了成年老繭的龜裂，更免去了日後南下打工的惆悵，北上投訴的憤懣。

一球紅日脫穎而出，巨大，莊重，鮮豔……。

地殼內形成了一個黑洞似的真空，天幕低陷，銀河下垂。天邊竄飛的蝙蝠，翼展下的空氣突然被吸盡，皮膜緊緊地包住了腳爪，下餛飩似的，紛紛墜落。

江北國際機場的主跑道上，一架南方航空公司的波音七四七怒吼著企圖升空，但雙翼被吸得向下彎曲，翼尖擦著跑道，拖出一路火星。機長感到不對，死活在跑道的盡頭停了下來。惶恐未定的乘客們卻感到呼吸困難，飛機尚未升空，機艙卻已失壓，氧氣罩紛紛垂下……。

三峽大壩內的水位驟然下降，水面漂浮的垃圾來不及撤退，厚厚地黏貼在壩體的內側，形成了一幅巨大的傑克遜．普羅柯的油漆潑灑畫。早被淹沒的酆都鬼城驀然顯靈，露出水面，閻王廟的飛簷上糾纏著滴水的布袋蓮。螃蟹從漢墓空棺的積水裡紛紛爬出，絲絲地吐著泡沫，嗅探著這突如其來的落潮。一輛牛車鏽爛的殘骸埋在淤泥裡，軲轆上結滿了細細的蚌殼。秭歸縣城那尊屈原的塑像，長髮上綠苔森森，彷彿一名披掛著叢林偽裝的狙擊手。

「東方紅，太陽升……」江姐們如醉如癡，涕淚橫流。

「中國出了一個毛澤東！」觀眾們似癲似狂，聲嘶力竭。

那位帥哥脖子上的絲圍巾不知什麼時候滑脫，蛇似的被吸入了地縫。他有一副卡拉ＯＫ的好嗓子，能將周杰倫的〈煙花易冷〉、陳奕迅的〈心的距離〉模仿得維妙維肖，往往是一開口便能將滿座的迷迷眼溜溜地吸過來。從演唱會開始到現在，他一直遵守規定，服從那叉叉的管制，強忍著不發出聲音，痛苦萬分。但現在秩序大亂，亂世出英雄，機會難得，更待何時？老天有眼，我是說那些迷迷眼啊！於是他那極具雄性美的喉結昂然挺立，一上一下，揚聲大唱：「呼兒嗨喲！」

那位冷水村的老大爺，一把扯下假髮套，往地下一扔，光著個葫蘆瓢似的腦殼，重振當年往地主大院裡扔石頭的勇氣，公然違抗那個加粗叉叉的禁令，氣發丹田，滿臉漲得通紅，脖子上青筋梗梗，楚霸王似地吼叫：「他為人民謀幸福！」

那位瀘州大娘，臉上摔破了一塊皮，鞋丟了一隻，她代表她的全家，掙扎著站起身來，緊緊地抓著身邊隊友的手，第一次感到了力量、信心和希望，她嘶聲狂喊：「他是人民的大救星！」

恭獻田教授隨著人群一起搖晃，如此擁擠，竟然無法摔倒。老教授感到頭暈，於是他乾脆閉上眼睛，醉酒似的，和觀眾們一起，一遍又一遍，仰天高歌：「東方紅，太陽升！」

那血紅的太陽一邊升高一邊膨脹，膨脹得彷彿是在用天文望遠鏡觀看，K氏五千度烈焰的翻捲，高達十五萬公里等離子流的噴射，歷歷在目。但這一次加班加點的運轉耗盡了它的能量，核反應的強度漸漸衰退，爬升的速度也漸漸地慢了下來，那是恆星步入死亡的徵狀。終於它筋疲力盡，再也爬不動了，滿面漲得發紫，日冕抖顫，老人斑痙攣，在空中僵持了幾秒鐘，腦溢血似的，轟然墜落！

地球像被猛擊一拳，臉頰在高速攝影下緩慢地凹陷，變形，扭曲。

三峽大壩內水位猛漲，巨浪洶湧。

海嘯。

那瞿塘峽、巫峽和西陵峽，三道險峻的峭壁間的，長達二百公里，深度為一百七十米，總容量為三百九十三億立方米的儲水，攜帶著庫底億萬噸的泥沙礫石，形成一柱蘑菇雲，越過壩頂，越過山峰，向上升騰。

那條長達兩千米的攔河壩體被拋在腳下，一道石牆尓，不屑一顧。

爬高。

那燈火下抖抖顫顫的三千五百萬重慶市市民，一團蝌蚪尓，不屑一顧。

爬高。

鳥瞰中原大地，長江蜿蜒，黃河曲折，那十三億華夏子孫，紙醉金迷，麻木混沌，不屑一顧。

爬高。

天穹漆黑，蘑菇雲升至太空，洶湧澎湃的雲頂與同溫層的臭氧劇烈摩擦，閃電頻頻……

寂然無聲。

文學叢書 351

# 紅杜鵑

作　者　曹冠龍
總編輯　初安民
責任編輯　洪玉盈
美術編輯　黃昶憲
校　對　吳美滿　洪玉盈　曹冠龍

---

發行人　張書銘
出　版　INK印刻文學生活雜誌出版有限公司
新北市中和區中正路800號13樓之3
電　話　02-22281626
傳　眞　02-22281598
e-mail　ink.book@msa.hinet.net
網　址　舒讀網http://www.sudu.cc

---

法律顧問　漢廷法律事務所
劉大正律師
總經銷　成陽出版股份有限公司
電　話　03-3589000（代表號）
傳　眞　03-3556521
郵政劃撥　19000691　成陽出版股份有限公司
印　刷　海王印刷事業股份有限公司

---

港澳總經銷　泛華發行代理有限公司
地　址　香港筲箕灣東旺道3號星島新聞集團大廈3樓
電　話　852-27982220
傳　眞　852-27965471
網　址　www.gccd.com.hk

---

出版日期　2013年3月　初版
ISBN　978-986-5933-96-8

定　價　260元



國家圖書館出版品預行編目資料

紅杜鵑／曹冠龍 著；
－－初版，－－新北市中和區：INK印刻文學，
2013.3　面；14.8×21公分（文學叢書；351）
ISBN 978-986-5933-96-8　（平裝）
857.7　102004921